suhrkamp taschenbuch 3117

Aus der Welt seines ersten Buches *Ich war einmal* ist Arnold Stadler – oder sein Ich-Erzähler – in die seines zweiten, *Feuerland*, gereist. Genährt wurde die Hoffnung, in der Fremde werde sich alles anders gestalten, schon jahrelang durch die blauen Luftpostbriefe eines ausgewanderten Onkels, der mit seiner Familie in Pico Grande am Fuße der Anden lebte. Dorthin trägt der Erzähler seine Knabenträume und sein Daseinsunglück. Er, der nicht das Fremde sucht, sondern die Abwesenheit des Eigenen, stößt bei der Familie seines Onkels nur auf die Verlängerung seiner Heimatgeschichte, aus der er herauswollte. Seine Erwartungen werden enttäuscht – und zwar existentiell – und seine Befürchtungen bestätigt. Auch dieser ferne Ort erweist sich ihm als ein weiteres Nirgendwo, ohne neuen Daseinsgrund. Plötzlich ist die Fremde unangenehm vertraut. »Es war alles wie zu Hause und alles ganz weit entfernt davon.«

Feuerland ist ein tragikomischer Roman von einem, der auszog, das Unbekannte zu suchen und dabei gerade findet, was er fliehen wollte.

Arnold Stadler ist 1954 in Meßkirch, Baden geboren. Er studierte Theologie in München und Rom, anschließend Germanistik in Freiburg und Köln. Im Suhrkamp Verlag sind die Romane *Mein Hund, meine Sau, mein Leben* (st 2575), *Der Tod und ich wir zwei* (st 2864) und *Ich war einmal* (st 2997) erschienen.

1999 erhielt Arnold Stadler die bedeutendste Auszeichnung der deutschsprachigen Literatur, den Georg-Büchner-Preis.

Arnold Stadler
Feuerland
Roman

Suhrkamp

Umschlagfoto: Hubert Stadler

suhrkamp taschenbuch 3117
Erste Auflage 2000

Lizenzausgabe mit freundlicher Genehmigung
des Residenz Verlags, Salzburg und Wien
Suhrkamp Taschenbuch Verlag

Druck: Ebner Ulm
Printed in Germany
Umschlag nach Entwürfen von
Willy Fleckhaus und Rolf Staudt

1 2 3 4 5 6 – 05 04 03 02 01 00

Man geht nie weiter, als wenn man nicht mehr weiß, wohin man geht.

Goethe, *Maximen und Reflexionen*

I.

In der Nacht vom 20. zum 21. Juni warf sich der Sohn des Fellhändlers Antonio aus Pico Grande, Patagonien, vor den Zug. Es war sein erstes Lebenszeichen.

Trotz der Verspätung des Nachtzuges von Esquel nach Bahia Blanca wartete der Kandidat im Chevrolet seines Vaters, den er sich für diesen Zweck geliehen hatte, bis er den Zug kommen hörte. Dann schlug er die Tür des Lieferwagens zu, warf die Fahrzeugschlüssel zusammen mit seinem ganzen Schlüsselbund in die Pampa, rannte die wenigen Meter bis zu den Schienen und legte sich gegen die Fahrtrichtung, aber parallel zu den Geleisen, mitten auf den Boden. Es war eine Sache von Sekunden, und er hatte alles überstanden. Diese Bahnlinie war die einzige Verbindung der Gegend mit der Welt.

Das Lebewesen, dessen Identität aufgrund des stehengebliebenen Automobils bald festgestellt werden konnte, war nicht auf der Stelle getötet worden. Der Zug schob es noch ein Stück weit vor sich her wie ein Problem, das schließlich mit Gewalt gelöst wird. Er hatte sich den kürzesten Tag des Jahres ausgesucht. Es war weit weg von jeder künstlichen Beleuchtung wirklich Nacht, und die Sterne hatten keine Kraft. Der Lokführer merkte außer einem dumpfen Widerstand, der sich aber bald verlor, nichts. Wahrscheinlich hatte er ein Schaf angefahren.

Gotische Hände! Der Chirurg des kleinen Krankenhauses von El Bolson wies entzückt auf die Hände, die für sich auf dem Tisch des Leichenhauses von Sant'Agata lagen. Die Ermittlung der Todesursache war schon abgeschlossen. Er war wohl nicht auf der Stelle gestorben, das zeigte auch die Blutspur, die sich am Gleiskörper entlangzog. Kein Verbrechen, nein, aber auch in diesem Fall kein sogenannter natürlicher Tod. Señor Antonio war durch ein

Telegramm verständigt worden. Das Auto, das er zuerst vermißt hatte, sei bei El Bolson herrenlos an der Bahnlinie stehend gefunden worden. Antonio ließ sich von Mario nach El Bolson fahren, schnell und stumm, auf der ungeteerten Piste eine Wolke von Staub nach sich ziehend. Im Leichenhaus gab es nichts mehr zu sehen. Anhand der sogenannten sterblichen Überreste hätte der eine den anderen ohnehin nicht mehr ohne weiteres erkennen und somit identifizieren können. Dazu genügte ein Schuh, der vor ihn hingelegt wurde, zusammen mit den anderen Hinterlassenschaften, die am Ort des Geschehens gefunden worden waren.

Topographie des Todes. Er wollte sich doch die Stelle zeigen lassen, wo es passiert war. Sie ließen sich also die Stelle erklären und fuhren hinaus. Sie suchten und fanden auch bald das besagte Erkennungszeichen, die deutlich sichtbare Blutspur, die sich vom Rost der Geleise und von den Steinen dazwischen abhob. Das war also in etwa die Stelle, wo er mitgerissen wurde, und dort die Stelle, wo er zu liegen kam.

Man hätte doch nicht darüber reden können. Sie fuhren hintereinander nach Pico Grande zurück. Aber unterwegs zitterten seine Knie und seine Hände und alles. Er bebte. Sonst gab es keine Lehre aus diesem Fall. Es gab nur frühere und spätere Katastrophen.

II.

Wie ich den Wind haßte, die Gewalt von *nichts* über *etwas!* Ich stand nun in einer Landschaft, deren Berge keine Namen hatten, deren Seen numeriert waren. Da stand ich nun. Aufgrund der blauen Briefe und der Bilder hatte ich mir ein Bild gemacht. Aufgrund meines Fernwehs.

Nur eine Reise. Nur ein Reisender. Ich war nur einen Sommer lang bei ihnen, als Gast. Es ist nicht viel, was ich mitgebracht habe. Erinnerungen, Geschichten vom Ende der Welt.

Ich hatte mir ein Bild gemacht, aufgrund der Erinnerung, der Schwester, mit der zusammen ich aufwuchs, wie sie in unserem Haus fortlebte. Ich wußte nur, daß Antonio (mein Onkel) fortgefahren war, fortgefahren und nicht wiedergekommen. Aus meinem Haus, meinem Zimmer, meinem Bett, nach Amerika, ein Amerikaner. Vom selben Bett weg, in dem er und ich, zwei Gesellen, schliefen und geschlafen hatten und im Schlaf wuchsen und gewachsen waren, wir zwei Feuerzeichen.

Ich werde ihn der Einfachheit zuliebe *Auswanderer* nennen, ihn und alle, die es nach Pico Grande verschlagen hat.

Im Anfang war eine Weltreise, das entsprechende Gepäck. Sein Onkel hatte 1898 eine Kolonie gegründet, Pico Grande, das zunächst Nueva Alemania hieß. Er hatte Land gekauft, ich weiß nicht von wem, viel Land, und Leute wie dich und mich in eine Gegend gelockt, die sie bis dahin nicht einmal dem Namen nach kannten.

Der Amerikaner, wie mein Onkel zu Hause von seinen Geschwistern und Nachgeborenen genannt wurde, fuhr eines Tages des Jahres '38 als ganz junger Mensch nach Amerika und blieb dort. Er lebte in einem Häuschen auf dem Gelände der Estancia *Las Plumas*, einem Gelände von 25000 Hektar am Fuß der Anden. Las Plumas gehörte nun den Nachkommen von Don Eduardo, meinem Urgroßonkel, der ja auch aus meinem Haus stammte, und ich weiß nicht, was ihn hinausgetrieben hat, eine Hungersnot war es nicht. Seine Nachkommen waren keine richtigen Nachkommen, aber davon später. Mein Onkel, an den die Erinnerung in unserem Haus noch *am lebendigsten* war, hat es in der Neuen Welt zum Fellhändler gebracht, zu einer halben Indianerin, zu einer kleinen Photosammlung, die das Leben in Pico Grande zwischen 1938 und 1983 dokumentiert und bald sehr wertvoll sein dürfte, und zu einem Sohn namens Angelo, der sich, ich weiß nicht warum, das Leben genommen hat, fünfunddreißig Jahre alt, genau so alt wie ich, kein Selbstmordalter, man macht es später oder früher, das weiß ich. Daß ich meinen Cousin nun nicht mehr kennenlernen würde, wußte ich aus dem letzten Brief meines Onkels, den ich noch vor meiner Abreise erhielt.

Der Krieg, wie es zu Hause hieß, verhinderte die Rückkehr. Das einzige, was noch kam, waren Briefe. Nur noch aus Briefen wußten wir, was aus dem Onkel geworden war. Wir wußten nur soviel, wie in den Briefen stand. Eduardo war noch alle zehn Jahre in die Heimat zurückgekehrt, bis zu seinem Tod kam er alle zehn Jahre in sein Geburtshaus, mein Geburtshaus, auch nach dem Krieg ein letztes Mal noch. Antonio aber hat nur noch Briefe geschrieben. *Ich bin gut angekommen. Ich bleibe vorerst. Ich habe ein Halbblut geheiratet. Wir haben unseren Sohn Angelo getauft. Ich habe jetzt einen Fellhandel. Ich komme mit meinem Lastwagen in halb Patagonien herum. Angelo spricht schon Deutsch und Spanisch, wächst, ist ein ruhiges Kind, ist ein Träumer, hat sich das Leben genommen.*

Die Bilder, die in unserem Album landeten, in den Annalen einer namenlosen Familie vom Land mit ihren Äckern und Knechten und ihren Viehhändlern. Amerika hatte sich früh in meinen Kopf gefressen, schon in einer Zeit, als ich Nord- und Südamerika noch nicht unterscheiden konnte. Mein Amerika war der Schauplatz eines kindlichen Fernwehs. Warum hatte es ihn aus meinem Haus, dem Zimmer, dem Bett, hinausgetrieben? Ich konnte ja nicht einmal die Gründe angeben, die mich hinausdrängten, oder den Grund der Gründe. Die ganze Kindheit habe ich gewartet und warten müssen. Ein ganzes Leben verstrich mit meiner Ungeduld bis zum Tag der Abreise, bis zum heutigen Tag. Die ersten Jahre waren Jahre, die nichts wert waren, die ich mit meiner Ungeduld verschlief, mit meiner Wut auf die Zeit, daß sie mich grundlos festhielt, allein deswegen, weil ich jung war. *Zur Strafe* mußte ich zu Hause bleiben. *Zu Hause* war die Zeit gefüllt mit Leben und dem Bild, das ich mir von ihm gemacht hatte, machen mußte, mit Messerimpfungen, Kinderschuhen, Kinderkleidern, dem Empfinden, noch nicht ganz in die Welt hineingewachsen zu sein, noch nicht ganz auf der Welt zu sein, so klein war ich, und mit leerem Magen, meinem Hunger, mit dem ausbleibenden Haar zwischen den Beinen, dem fehlenden Achselhaar, ich weiß schon, mit meiner Vorgeschichte. Ich hatte Hunger, Hunger und Durst hatte ich.

Kam ein blauer Brief aus Amerika, blieb ich an seinen Wörtern hängen, Wörter waren es, die mich verzauberten. Man las mir vor und sagte mir, daß *im Grunde alles ganz wie zu Hause* sei, die Anden als die Alpen meines Onkels, die Schafe als seine Kühe, der Lago Verde, den meine Verwandten so getauft hatten, weil er bis dahin auch nur eine Nummer der Landvermesser gewesen war, als sein Bodensee.

Sobald ich schreiben konnte, schrieb ich von meinem Hunger und Durst und schickte ihn nach Amerika. Diese Briefe waren die ersten Aufzeichnungen aus einem Leben, das mir geschenkt wurde, wie man sagte, erste Spuren, die ich Jahrzehnte später am Fuß der Anden wiederfand. Mein Onkel hat *alles* aufgehoben für mich. Er hat *alles* für mich hingelegt und mich wissen lassen, daß ich *alles* zurückhaben könne, daß er mir meine Erinnerungen schenken wolle zur Erinnerung an ihn. Er wußte *alles.* Ich hatte ihm meine Gefangenschaft geschildert, so wie ein Kind, das Wort *Gefangenschaft* fiel nicht. Aber er hat mich verstanden. Wenn ich zu straucheln drohte, besann ich mich auf meine Fluchtmöglichkeiten in die Kordilleren. Und er? Trostbriefe schrieb er mir, ich weiß. Schon der erste Brief war ein Trostbrief, ganz so, wie man einem Kind schreibt: *Hier schicke ich Dir eine Ansicht von Pico Grande. Die Estancia unseres Onkels liegt drei Kilometer nach Nordosten. Die Schneeberge im Süden bilden die argentinisch-chilenische Grenze. Die zwei Drahtzäune mit dem schwarzen Strich auf der Ebene deuten den Weg nach Chile an. Zwischen der Ebene und der Hügelkette läuft der Rio Pico. Der andere Weg führt zum Lago N° 3. Das große Gebäude ganz rechts ist unser Clubgebäude. Daneben die Kirche. Die Gebäude links sind die Polizeistation, die Schule, das Gefängnis und das Krankenhaus. Ganz links wären das Hotel und die Geschäftshäuser. Viele Grüße! Dein Onkel.*

Ich verstand alles: Pico Grande, Schneeberge, Nordosten, Drahtzäune, schwarzer Strich, Ebene, Weg, Hügelkette, Fluß, See, Kirche, Polizeistation, Schule, Gefängnis. – *Grenze,* dazu konnte ich mir meine Grenzen denken. Ich hatte ja gleich mehrere Grenzen zur Verfügung. Die Zeit türmte sich vor mir, je klarer die Sicht war. Je mehr sie als *Fernsicht* bezeichnet werden konnte, desto höher die Berge, die ich sah. Meine Menschen nannten mir Zahlen, die Höhe in Metern über dem Meer. Die Anläufe zu meinen Fluchten versandeten oder zerschellten und sind in meiner Vorgeschichte untergegangen.

Aber eines Tages hielt ich mein Ticket doch in der Hand. Ich war nun schon längst über meinen vierten Siebenjahreszyklus hinausgewachsen und hatte mich schon zum wiederholten Male abgestreift. Doch die schwarzen Löcher trug ich immer noch und immer mehr mit mir herum, zusammen mit der ansteigenden Erinnerung, die sich mit dem Schmerz zusammentat, mich überwältigte und bald zu ihren Schauplätzen abkommandierte.

Da bin ich, adsum! Am Ziel. Ich hoffte, es würde doch noch alles ganz anders werden. Doch zwanzig Kilometer vor Pico Grande mußte ich diese Hoffnung endgültig aufgeben. Seit zweihundertfünfzig Kilometern war mir alles gleich trostlos erschienen, in Staub und Wind war die Maschine aufgeschlagen, mit Mühe noch gelandet. Ich hatte mich mit meinen Sommerhosen dem Wind übergeben. Eine armselige Oberfläche von Hütten, Treibgras und Disteldünen. (Den Himmel hatte ich zunächst übersehen.) Als es keinerlei Hoffnung mehr gab und die Außenbezirke von Pico Grande erreicht waren, Alto Pico Grande (eine Ansammlung von Wellblech) passiert war und sich eine Veränderung nicht einstellte, als ich schließlich das Schild *Pico Grande – Provincia de Chubut* hinter mir hatte: an dieser Stelle meiner Reise hätte ich weinen können. Doch ich dachte an den Brief, meinen Brief, den ich geschrieben hatte. Meine Hoffnung war nun, der Brief möge noch gar nicht angekommen sein. Ich hoffte, die Nachricht an meinen Onkel, daß ich schon unterwegs sei, auf dem Weg zu ihm, abfangen zu können. Abfangen, an mich nehmen und zerstören. Doch so weit mußte ich gar nicht mehr gehen. Denn der nächstbeste Mensch, den ich nach Don Antonio fragte, sagte mir, der sei gerade vor vier Wochen gestorben. Mein Don Antonio? Mein Onkel?

AUSWANDERER! Dein Bild ist blaß geworden. Dein Blut versickert nun anderswo. Dein Blut. Aber auch als Du noch mitten unter uns warst, haben wir nur aus Verlegenheit hinter Dir hergewinkt und hergeweint. Wir wußten nicht, was wir Dir zum Abschied sagen sollten. Der Chor sang *Nun ade, du mein lieb Heimatland* und blieb zurück. Der Auswanderer blieb fort. Wärst Du noch einmal zurückgekehrt, wäre Dein Bild noch einmal in unserer Zeitung erschienen. Wir hätten lesen können: daß Du noch drei Schulkameraden lebend angetroffen hast und daß die anderen tot waren. Daß Du ein paar Wochen in der alten Heimat bleiben möchtest und dann zurückfahren.

Aber Du bist nicht zurückgekommen.

Doch ich will jetzt noch einmal zu Dir. Zu Dir und allem, was Dich am Leben hielt.

III.

Die Wolken hingen für sich. Der Himmel war fern. Es regnete. Aber der Boden fehlte. An Stelle des Bodens Steine. Und dazwischen waren schon Gräser heimisch und erste Lebewesen, die sich von selbst fortbewegen konnten und unsichtbar blieben. Die Wurzeln fanden sich zwischen den Steinen zurecht. Manche lagen frei und rückhaltlos, von oben und unten geschunden, aber immer noch am Leben.

Die Flamingos, die Fragezeichen, grazil, einbeinig, rosarot.

Doch alles zog nur vorbei.

Die Tiere standen mit ihren Brandzeichen unter einem hohen Himmel. Bei einem Schaf lohnte sich das Brandzeichen nicht. Aber ein Rind bekam es schon beim ersten Einfangen. Die Schafe wurden einmal im Jahr zusammengetrieben, das genügte. Von den herumziehenden Schafscherern an den Vorderbeinen zusammengebunden und blutig geschoren. Bekamen sie nicht genug zu saufen, scherten sie die schönsten Schafe zu Tode und sagten *so geht das* vor sich hin und *armes Schaf!* Es war ein großer Haufen, ein Berg von Schafen, im Pferch zusammen blökend und den Schafschrei einer zerzausten Landschaft anvertrauend. Dann standen sie nackt unter freiem Himmel und Disteln. Allein ihre widerständigen Mäuler zum Fressen und Blöken. Es war so kalt in der Welt. Die geschorenen Exemplare standen mit den ungeschorenen in Regen und Wind, die auf ihrer Haut brannten. Das eine und das andere Gerippe lag schon ganz ausgebleicht in Sonne und Wind. Auch am Ende der Welt gab es kein …, am Ende der Welt gab es den Schakal. Der kam und lebte von den Resten an der Stelle, wo das Lebewesen zusammengebrochen war.

Die Hunde mit ihrem alles verwertenden Magen, mit ihrer Salzsäure im Bauch.

Wie war es?

Staub und Wind, von Drahtzäunen durchzogen.

Wie war die Kälte?

Sie war eingeteilt in Quadrate aus Wind.

Das Land war sehr früh, kaum daß die Eindringlinge Fuß gefaßt hatten, in Quadrate eingeteilt worden, Quadrate fünf Kilometer lang und breit. Nachdem der Boden unter den Füßen der Indianer weggezogen worden war (Nomaden, nichts als Nomaden), das Land stückweise an Interessenten, die nichts als den Lageplan kannten, verkauft worden war, kamen auch bald Horden von Tagelöhnern von überall her, Strategen, Landvermesser, später Fußvolk, und zogen die Zäune meiner Onkel durchs Land.

Die Estancia stand prächtig am Ende eines Weges, der von Pappeln gesäumt war. Ihr Name aufrecht über der Tranquera, dem Eingangstor unten an der Straße, kilometerweit entfernt. Dann immer geradeaus, wurde mir gesagt, dann wirst du eine Anhöhe sehen, unseren Friedhof. Ich sah das schöne Gras, die vielen Schrunden, die offenen, mit altem Regenwasser gefüllten Stellen. Fettes Gras, das die Nähe einer Siedlung versprach. Auch die Lupinen, doch diese blühten auch als Unkraut weiter, blühten an längst verlassenen Stellen. Das erste untrügliche Zeichen aber war ein abgeernteteter Kirschbaum, ein patagonischer Krüppel, wie alle Kirschbäume, die ich noch sehen sollte. Dann folgte meine Stille bis zum Schrei des gelben Vogels mit den schwarzen Federn an den Flügeln, der zusammen mit dem Wind ohne Namen blieb.

Ich sah die Anhöhe. Von hier aus wurde ich mit Fernweh versorgt, mit blauen Briefen.

Jetzt stieß ich auf ein Meer von Lupinen und gelben Rosen. Es war alles wie zu Hause und alles ganz weit entfernt davon.

Brachte ich nicht meinen Schatten mit?

Sollte ich zu Hause sagen: es ist alles anders?

Erst war ich auf den nächstbesten Verrückten hereingefallen. *Ihn nach dem Weg zu Don Antonio gefragt. Von ihm sogleich zum Friedhof geschleppt, zum falschen. Ich wußte ja nicht, daß mein Onkel tot war. Aber er lag nicht auf diesem Friedhof, der als letzte Ruhestätte nicht zu erkennen war, eher Müllplatz als Gottesacker, beides ein wenig. Nach außen keine Trennungslinie, keine Mauer, nicht einmal ein Zaun als Grenze zum Leben hin. Von den Toten kein Zeichen, nur der Verrückte und ich. Schon wollte ich zum ersten Mal auf dieser Reise mein Tramalfläschchen anbrechen, das mir immer wieder das Leben erleichterte.* Du bist der Sohn Gottes! *stieß er aus und zeigte auf mich,* du bist gekommen, um uns zu erlösen! *Alles in einem schlechten Spanisch. Er warf sich mir zu Füßen und krallte sich fest. Es gelang mir, mich loszureißen.* Willst du uns so weiterleben lassen! *schrie er mir hinterher. Er wollte wenigstens ein Trinkgeld für seine Führung haben.*

Dann war mein Onkel tot. Vorher schon hatte sich die Enttäuschung über alles, was ich sah und sehen mußte, als Schatten über mich gelegt. Das Fernweh war längst von der Erinnerung eingeholt. Das Reisefieber mit dem Beginn der Reise verflogen, und ich war längst nüchtern. Ich mußte mich mit meinen ferneren Verwandten begnügen, den Abkömmlingen meines ersten Onkels, der Pico Grande gegründet hat. Sie nahmen mich auf. Im ersten Augenblick wollte ich gleich wieder abreisen, irgendwo anders hin nach einigen Tagen. Aber sie sagten mir, ich solle *bei ihnen* bleiben, so lange, wie ich wollte, und das habe ich getan. Ich werde sie Onkel nennen, Tanten, Cousins und Cousinen, für immer, der Einfachheit zuliebe. Sie waren es nur weit entfernt und irregulär dazu, wie man mir sagte. Denn ich war nur der Verwandte eines Betrogenen.

Mein Aufenthalt begann mit dem Besuch der Gräber,

ganz so, wie zu Hause die Feste begannen. Mein Urgroßonkel, der Gründer von Nueva Alemania, am Ende des Ersten Weltkriegs in *Pico Grande* umbenannt, lag da neben seiner Frau, einer Schweizerin, einer Ehebrecherin namens Lys, lag da neben seinen Scheinkindern und neben allen, die hier lagen. Auch mein Onkel, der denselben Namen hatte, der so hieß wie ich, lag hier. Es dürften schon fünfzehn Gräber gewesen sein, die ich sah. Der Familienfriedhof, Muttersprache Deutsch, auf dem weithin sichtbaren Hügel zwischen Pampa und Anden war im Lauf eines halben Jahrhunderts auf die Größe von fünfzehn Einzelgräbern angewachsen. Diese stattliche Zahl hat allein ein Ehebrecher ermöglicht, zusammen mit einer Ehebrecherin. Sonst wäre unser Friedhof leer geblieben, bis auf das Grab meines Urgroßonkels, seiner Frau, meines Onkels und seines Sohnes, der sich das Leben genommen hat im Jahr, als er so alt war wie ich.

Lys hat mit diesem Tucher geschlafen. Karl Tucher war ein Wildwestrüpel, der Nord- und Südamerika nicht auseinanderhalten konnte, der in Bremerhaven aufs Schiff und in Buenos Aires vom Zwischendeck aus an Land getrieben worden war. Er kam mit demselben Schiff wie mein Urgroßonkel. Er war von ihm mitgenommen worden, ich weiß, denn schon zu Hause war er unser Knecht gewesen, er hauste in der Stallkammer, bis ihn der Urgroßonkel mitnahm, gedacht für die Schneisen im Urwald. Karl Tucher war auch ganz entfernt richtig verwandt mit mir. Was unsere Blutsverwandtschaft angeht, war ich mit dem Urgroßonkel und Karl Tucher gleich nah verwandt, ich weiß, denn Tucher war einer illegitimen Verbindung des Vaters meines Urgroßonkels, meines Ururgroßvaters, entsprungen (sagt man so?), einem Verhältnis meines Vorfahren mit einer Stallmagd, die in einer unserer Stallkammern mit Karl niederkam (sagt man so?). Karl wurde Pferdeknecht auf unserem Hof und blieb es, bis ihn der Bruder meines Urgroßvaters, mein Urgroßonkel, im Jahr '98 nach Amerika mitnahm. Über diese Verwandtschaft wurde nie gesprochen, aber Karl und der Urgroßonkel wußten, daß sie ersten Grades blutsverwandt waren, Halbbrüder, und dabei blieb es, ohne Aussicht, im selben Stammbaum zu erscheinen.

Auf dem Schiff hatte mein Onkel, der zwar nicht in der Auswandererklasse reiste, eine bettelarme Schweizerin namens Lys getroffen, die gerade der Hungersnot in ihrem unwegsamen Tal entkommen war. Erst waren sie nach Deutschland geflohen, sie und ihre beiden Schwestern, die jüngste war gerade drei Jahre alt. Der Rest der Familie ging zugrunde und verhungerte. Es war die letzte große Hungersnot in der Schweiz, von der wir nichts mehr wüßten, gäbe es die Briefe nicht, die Hungerbriefe, die sprachlosen Briefe, die zwischen den Daheimgebliebenen und den Ausgewanderten hin und her gingen.

Die Schattengestalten: mein Onkel, Urgroßonkel, hatte Mitleid mit ihnen und heiratete die älteste der drei Schwestern, noch in Buenos Aires. Es folgte eine beschwerliche Reise von mehreren Wochen, bis der Troß (es waren gut zwanzig Auswanderer mitgekommen, die sich von meinem Onkel hatten anführen lassen) die Höhe von Las Plumas und schließlich das Gelände erreichte, das sich mein Onkel in Buenos Aires ausgesucht und vom Plan weg gekauft hatte, Platz und Arbeit genug für sich und seine Leute, Arbeitslose, die damals noch nicht Arbeitslose hießen, die mit ihm im Tal eines noch namenlosen Flusses Nueva Alemania aufbauen sollten.

Rosa, Norma, Patricia, die ganze Verwandtschaft, alle waren vors Haus getreten, mir zu Ehren, ihrem aus einer fernen, niemals gesehenen Heimat aufgetauchten Verwandten. Das Gerücht, ich sei angekommen, man habe einen blonden Mann gesehen, der vom geistesgestörten Chico Mendez bei den Omnibussen abgefangen worden sei, war schon bis zur Estancia *Las Plumas* (»Die Pflaumen«) vorgedrungen. Da standen sie, um mich zu begrüßen, eine nahgerückte mythische Figur. Da stand ich, blonder als vermutet und sprachlos, die Küsse dieser Menschen erwidernd, mit ihren Wangen, Nasen und Bartstoppeln und ihrem Lächeln. Wunderschöne Erscheinungen, dunkle Schönheiten, die ich schon abbildweise bewundert hatte. (Wir hatten unsere Bilder voneinander.) Jetzt, da sie vor mir standen, mußte ich noch mehr an unserer tatsächlichen Verwandtschaft zweifeln. Drei Monate hier bleiben? Sich jedesmal neu abschlecken lassen, wenn man sich an der Haustür begegnete oder unten im Pueblo, aus Freude am wiedergefundenen Blut?

Es gab schon ein Photo unseres Urmenschen, von dem wir alle herrührten. Unser Vorfahr, ein wohlhabender Bauer, ein Herrenbauer, war ja nur ein Emporkömmling. Ihn, einen lustigen Tiroler, hatte es aus seinem Tiroler Seitental in unser Seitental geschneit. Meine Ururgroßmutter, die, sagte man, von wenig gewinnendem, ja finsterem Äußeren war, wie auch das großflächige, allein von ihr übriggebliebene Photo belegt, konnte es sich aufgrund ihres Erbes (Mühlen, Felder, Wälder, Großvieh, Küchen- und Stallmägde) leisten, einen schönen Mann aus den damaligen Wahlmöglichkeiten, Verhältnissen, Teichen herauszufischen, und hätte er auch außer seinem reizvollen Äußeren, seiner schönen Oberfläche gar nichts mitgebracht. Dieser Vorfahr war auch schon eine Art Auswanderer, ein Vertriebener, den es aus den engen, verwachsenen Tiroler Tälern in das Haus meines Ururgroßvaters verschlagen hat, in mein späteres Geburtshaus: nur ein Müllersknecht, den sich meine Vorfahrin mit dem schleierhaften Gesicht erkoren hat. Die Vermählung dauerte zwar bis zu ihrem siebten Kind, ihrem Tod, aber aus Leidenschaft war er niemals zu meiner Vormutter gekommen. Ihn trieb es zur Stallmagd, die Tucher hieß und Tucherin gerufen wurde.

Die Liebe hat sich also über die illegitime, die Seitenlinie fortgesetzt.

Schon Tucher war ein Kind der Liebe. Und wieder alle anderen, hinter dem Rücken meines Urgroßonkels erzeugten Kinder waren Liebesprodukte. Die Liebe hatte schon seinen Vater zum Betrug gezwungen. Und auch wieder den Sohn, alles Liebeserzeugnisse. Ich hingegen stammte aus der genealogischen Hauptlinie. Ich, ein Kind, das sich nicht auf die Liebe zurückführen konnte, daher nichts und niemand war, nur Namensträger. Oder nur etwas Halbes, denn immerhin muß meine Vorfahrin ihren Tiroler geliebt haben. Mochte er selbst auch aus Besitzgier gehandelt haben, mochte er auch aus der Gegend von Schwaz in Tirol auf meine Vormutter gestoßen sein, immerhin setzte er auch die Hauptlinie fort, die sich auf Liebe nicht zurückführen kann oder nur halb. *Ich liebe dich,* schwor er der Stallmagd, aber auch mein Blut färbte er rot. Bei meiner Vorfahrin hielt er bis zu ihrem Tod aus und setzte ihr auch einen Stein *Zu ewigem Gedenken,* der zu meiner Zeit noch zu sehen war.

Anfang Dezember, Hochsommer war es, als ich ankam. Es war alles anders, als ich dachte, ganz wie zu Hause. Ich mit meinem Wahn, der Quellen oder wenigstens Spuren seiner selbst suchte, Blutspuren, hatte den Ozean überflogen (ohne die geringste Anstrengung zwar und das meiste sowieso verschlafen und verflogen), stieß nun auf Adern, in denen das Blut an mir vorbeifloß. Die anderen wußten alles, aber sie dachten anders. Ich war der einzige, der dachte wie ich.

Lys hatte sich immer wieder mit Karl ins Bett gelegt, dafür gelebt, sich unter ihn hinzulegen. Mein Vorfahr aus Tirol hätte dieses Verhältnis seines Kindes aus Liebe geduldet, ich weiß. Er war auch *so,* er wollte auch nur *das Eine.* Aber photographieren ließ er sich doch nicht mit seiner Stallmagd, sondern mit meiner Vormutter, so wie sich auch Lys nur mit ihrem auf dem Papier ausgewiesenen Mann photographieren ließ. Im Kaminzimmer hingen die Photographien von allen, der ganzen rechtmäßigen Verwandtschaft: betrügender Vater, betrogener Sohn, da hing der alte Adam. Und jetzt lachten alle nur, wenn sie ihre Herkunft bedachten. Das Bild rückte von Zeit zu Zeit ferner, erlangte allgemeinere Bedeutung. Weit über den einfachen Ururgroßvater hinaus war er zum *Blutzeugen* geworden, zu meinem und unserem Beweis, daß wir Leben hatten und haben, daß wir aus dem Schoß Abrahams in die Welt hinein, *hoch vom Mastkorb,* vorübergehend – – – Muß ich von dieser Erinnerung geheilt werden?

Ich ganz allein, inmitten dieses *Blutes.* Das *Blut,* das fließt, wie es will, der Betrug, geht über den Ozean, schwimmt mit, wird hinübergeschleppt, kommt an, mein *Blut.*

Lys lag mit Karl im Bett, während mein Onkel erste Schneisen durch den Urwald ziehen ließ. Er stellte diesen Nachkommen von Frau und Halbbruder, seinen illegitimen Neffen, ein schönes Leben sicher, eine sichere Anwartschaft auf ein schönes Grab auf unserem Friedhof. Der Chef des patagonischen Zweigs unserer Familie ... hat zwar keine richtige Familie gegründet, aber einen Familien-Friedhof, den hat er gegründet, ganz oben, auf dem höchsten Hügel zwischen Pampa und Südanden. Außerhalb von Pico Grande, nicht für die anderen, nicht wie die anderen. Die lagen unten, über die Pampa verstreut, in einem dieser Löcher verschwunden, die ich vor allem anderen gesehen hatte, von Un-Gras überwachsen.

Gleich am ersten Tag schleppten sie mich auf den Friedhof. Ich sollte vor allem das schöne Grab meines gerade gestorbenen Onkels, den gerade aus El Bolson eingetroffenen Grabstein anschauen. Im Chevrolet-Konvoi fuhren wir den holprigen Weg hinauf. Ich wurde in die Mitte der Fahrzeugbank gesetzt. Von ferne eine Erinnerung an die

Nächte zwischen den Eltern, die sich damals, als ich drei Jahre alt war, vielleicht sogar noch geliebt haben, so sehr, daß sie mich, ihr Geschöpf vor Ort, dazwischen duldeten. Es war seltsam, da oben meinen Namen zu lesen, nur meinen Namen, nichts und meinen Namen, dieses Mal auf dem Hintergrund der Anden und des Pazifischen Ozeans, der durch das Gebirge kaum verdeckt wurde und mir immer hervorzuschimmern schien. Eine auflösliche Ehe, die hier gestiftet war, die Ehe zwischen meinem Namen und den Anden, die sich zwischen den Ozean und meinen schweifenden Blick schoben. Mein seltsamer Name, der mich blutrot werden ließ, diesen Namen, den ich kurz vor meiner Abreise meiner Cousine Rosa, die auch so heißt wie ich, verriet. Den Himmel dazu, ein kalter Himmel, so kalt, daß die Augen froren. Der Wind biß sich ins Haar, ins Gesicht, *der ewige Wind,* hatte mein Onkel geschrieben, der eisige Wind duldete nichts neben sich. Die Toten trugen meinen Namen. Meine Gedanken schweiften.

Trotz des Windes, wegen des Windes und der Kälte sah ich, wie ihre Wangen glühten, als Rosa auf den Namen deutete, meinen Namen, denn der Onkel hieß genauso wie ich. Ich wurde ja nach meinem Onkel getauft: da stand mein Name mit dem katholischen Zeichen für *Ewigkeit* auf dem mattschimmernden Grabkreuz. Mein Onkel hat dieses Zeichen noch gekannt, auch ich kannte es noch, aber Rosa hatte davon keine Ahnung. Aber sie photographierte mich und meinen Namen mit dem katholischen Zeichen für Ewigkeit.

Auf einem gewöhnlichen Friedhof gibt es außer den Gräbern und den Namen nicht viel zu sehen, von der Aussicht einmal abgesehen, die in gewisser Weise jeder Friedhof bietet: immer schon waren Friedhöfe kleine Aussichtspunkte, immer lagen sie mitten in der unverfälschten Natur.

Ich stellte mich allem, was ich zu sehen bekam, mit einer heiteren Miene.

Ein A und O auf brüchigem Holzkreuz oder auch wie bei meinem jüngstverstorbenen Onkel auf brüchigem Marmor: sollte das einer Ewigkeit aus Wind und Kälte trotzen?

Aber meine Verwandten waren stolz auf diesen Friedhof, dieses neue Grab, das möglicherweise das einzige auf der Welt war, das die Verbindung unserer Familie dokumentierte. *Unser Friedhof,* sagte sie und zeigte auf sich und mich, ließ ihren Zeigefinger zwischen sich und mir hin- und hergehen, spielen. Er erinnerte mich an meinen Friedhof, den Heimatfriedhof, die Mutter aller Friedhöfe, die ich bisher in aller Welt betreten habe, immer aufrecht und niedergeschlagen.

Rosa, meine Cousine, die mich liebte, wie ich sie liebte, hat sich bald auf meine Seite geschlagen. Sie war für mich da, solange ich in Pico Grande war. Sie glaubte unsere Bande durch unseren Friedhof noch enger geknüpft. Auf dem Rückweg saß sie neben mir und wollte von mir hören, welcher Friedhof der schönere sei, unserer hier oder unserer dort. Ich konnt' es ihr nicht sagen. Die Un-Tante Lys hatte sieben Kinder bekommen, einen richtigen Wurf, dachte ich. Ihre Nachkommen lebten bis zum heutigen Tag. Du hast bei ihnen übernachtet, ein Pferd zum Ausreiten bekommen. Du bist mit ihnen zum Asado an einen der numerierten Seen hinausgefahren. Du standest aufrecht auf der Ladefläche des Chevrolets und warst dem südargentinischen Sommerwind ausgesetzt. Aber den Stammbaum, den sie dir zur Vervollständigung der Familienannalen nachgeschickt haben, mußt du zurückschicken. Du wirst deine Geschichte neu schreiben müssen. Die Daten, die von den Auswanderern nachgeschickt wurden, löschen.

Es half nicht viel, mir klarzumachen, daß *das Blut* nicht viel galt. Schon meinem längst verstorbenen Urgroßonkel war nichts anderes eingefallen, als dem Frevel seinen

Segen und den Kindern von Frau und Halbbruder, deren Halbonkel er war, seinen Namen zu geben. Sprechen konnte ich nicht mit allen. Die dritte Generation sprach nur noch gebrochen Deutsch. Es kam immer auf die Mutter an. Über sie wurde die Muttersprache weitergegeben. *Friedhof, Grab, Grabstein, Grüß Gott!* und *Auf Wiedersehen!* konnten jedoch noch alle sagen. Weihwasserkessel gab es in der Indianersprache, im araukanischen Dialekt, nicht, gewiß nicht. Aber meine deutschstämmige katholische Verwandtschaft war mit den letzten Dingen noch vertraut. Die wichtigsten Daten waren in fehlerfreiem Deutsch auf den Grabsteinen zu lesen, letzte Lebenszeichen.

Für sie waren Tod, Heimat und meine Sprache fast dasselbe.

IV.

Hier hatte ein Meteorit eingeschlagen. Das Loch im Himmel, das sich gegen den Boden hin fortgesetzt hatte, schien mir zu groß für ein gewöhnliches Loch. Ein Loch in Himmel und Erde, schien mir.

Das Loch ist mit Wasser gefüllt, der Kopf mit Erinnerungen, mit Wasser und Erinnerungen. Ich erinnere mich, ich höre ihre schlichte Sprache, die mit den wenigen Worten nicht zurechtkam, sich selbst mit Händen und Füßen helfen mußte. Auch noch für die einfachsten Dinge waren zusätzliche Zeichen nötig. Was für ein schlechtes Spanisch sie sprachen!

Das wenige, das aus ihrem Mund, ihren Augen kam, und schon auf eine vollkommene Stummheit hinauslief! Saß ich mitten unter ihnen bei einem Stück Torte, bei einem in Illustriertenpapier eingewickelten, mir geschenkten Fisch oder um das Grillfeuer herum, immer mitten unter ihnen, gaben sie mir zu essen und zu trinken, sagten sie einfach: *Iß!*

Wie entkommen?

Bei den Scheinzypressen, den als Samengruß von zu Hause geschickten Tannen, mit meinem gerade verstorbenen Onkel, oberhalb der Estancia, mitten in Patagonien, am Rand der Kordilleren, am Anfang des Endes der Welt, wo die Sonne im Norden stand (ihr Norden war mein Süden) und der Hochsommer auf Ende Dezember fiel, allein mit meinem Taschenatlas. Mein Taschenatlas – – – eine erste Orientierung, die Erde vor mir, vom Flugzeug aus hatte ich den gleichen Blick.

Mit meinem Onkel habe ich nie ein Wort gewechselt, seine Stimme brachte mir ein wackeliger Kassettenrecorder. Ich mußte mir alles dazudenken. Ich ergab mich dem Spiel meiner Erinnerung, der Erinnerung, die mit mir spielte.

Im Anfang war mein Fernweh. Wohin hätte ich fliehen sollen? Wo wäre ich vor ihm sicher gewesen?

Meines ersten, meines alten Bundes eingedenk – – – meiner Ehe von Fernweh und Weltrettung: Zuerst zum Ernteeinsatz in einen Kibbuz, zu den Jaffaorangen, zum Zeichen, daß ich aller Welt Freund war und sein wollte. Oder die Kriegsgräberfürsorge? Waren nicht so und so viele meiner Vorfahren auf dem Feld der Ehre liegengeblieben? Welche Möglichkeiten, meinem Gebirge zu entkommen, hatte ich noch? Wie konnte ich mein Fernweh mit meinem Drang, die Welt zu retten und alles mit allem zu versöhnen, verbinden?

Ich saß unterhalb unseres Friedhofs und oberhalb der Estancia des Onkels, meines Reiseziels, im Angesicht der Schneeanden, auf dem Gipfel meiner Fluchtbewegungen. Ich war jetzt fünfunddreißig Jahre alt, das heißt, ich stand in der Mitte meines Lebens. Selbst die entlegensten Ziele hatte ich ausgewählt, im Anfang, als ich den Weltrettungsgedanken mit dem Fluchtgedanken verband: *Die Gesellschaft zur Rettung Schiffbrüchiger* hatte schon früh, von Anfang an, meine Aufmerksamkeit erregt. In aller Frühe hatte ich ein Auge auf sie geworfen, mein Auge, ich sah, daß es aufs Meer hinausging.

Es hätte mich vom Schiff reißen können, so sehr bebte alles unter mir, aber ich war angetan mit meinem Teerzeug, das Salzwasser konnte meinen Stiefeln und Gummimänteln nichts anhaben; und schon zog ich meinen ersten Ertrinkenden aus dem Wasser. Zu dieser Zeit konnte ich allerdings noch nicht schwimmen, aber dafür hatte ich einen Willen, der über das Wasser gebot.

Es kam der Biermann. Der wöchentliche Besuch unseres Bierfahrers. Dann schwebte die Taube aus LA PALOMA über dem Wasser meines Meeres. Schon damals war LA PALOMA mein Lieblingslied, das Gegenstück zu IN EINEM KÜHLEN GRUNDE. Jedem Element hatte ich ein Lieblingslied zugeordnet, dem Feuer und der Luft aber ein einziges, das VENI CREATOR SPIRITUS hieß. Der Bierfahrer hat mich mit seinem Fernweh angesteckt. Es kam *kein Schwan* ins Haus. So ließ ich mich von meinem Bierfahrer mitreißen, mir von meinem Bierfahrer die Größe Wiens beschreiben, mit den Augen eines Soldaten, dem die Wienerinnen die Hand geküßt, und wartete auf das Erscheinen des Düngemittelvertreters zweimal im Jahr. Auf diese Weise erfuhr ich sehr früh von jener nackt auf dem Tisch des Offizierscasinos tanzenden Diva mit einem anbetungswürdigen Arsch und Dinge, die ich niemals erfahren hätte, wenn nicht der Kunstdüngervertreter gekommen wäre. Er war im Geist Hitlers erzogen worden und hatte schon vor meiner Geburt seinen Glauben notwendigerweise verloren, hatte nichts mehr außer seinen halbseidenen Erinnerungen, die ich, ein Kind, aus ihm herauslockte. Ich habe ihn manches Mal zu seinen Erinnerungen verführt. Unmittelbar nach dem Ende gehörte er zu den Glücklichen, die, wenn auch als Flüchtlinge, um die halbe Welt gekommen sind. Sein Leben setzte er schließlich als Düngemittelvertreter fort, der Kunstdüngergott führte uns zusammen und führte uns wieder auseinander. Und auch der Biermann verschwand wieder aus meinem Leben und ließ mir seine Erinnerungen mit ihrem anbetungswürdigen Arsch zurück. Ich war daran hängen geblieben. Er war schon ganz woanders, aber ich war bei diesem anbetungswürdigen Gegenstand, der sich bald in mir zu einem göttlichen Gegenspieler entwickelte. Ich durfte diese Gottheit nicht aufkommen lassen und versuchte, seine Anbetungswürdigkeit mit Gewalt aus mir zu vertreiben, so fromm war ich, daß ich keinen anderen Gott duldete.

Und dann? Erreichbar war die Schwäbische Alb, waren die halbhohen Gipfel des Allgäus. Auf sie hinauf, das ging. Aber ich hatte keine Lust auf sie, vom Tag an, als mir jener Arsch als anbetungswürdig aufging. Dennoch ging ich weiter zur Messe, ministrierte sogar und verstand schon im zweiten Jahr meines Lateins, wenn der Priester *lavabo inter innocentes manus meas* vor sich hinflüsterte und mich meinte. Ich hatte es gerade durch angeborene Frömmigkeit und Überredungskunst geschafft, über hundert Bildbände, die das Zweite Vatikanische Konzil unter dem Titel DIE WELT ABER SOLL ERKENNEN festhielten, beinahe hundert Gläubigen aufzuschwatzen. Neunundneunzig von hundert Gläubigen kauften mein DIE WELT ABER. Dazu ging ich von Haus zu Haus wie ein längst in die Stadt gezogener Landstreicher. Von den Gläubigen waren schließlich neunundneunzig Prozent mit DIE WELT ABER versorgt, einige sogar doppelt. Es war mir gelungen, die Frömmsten von einem Ersatzband zu überzeugen. Ich dürfte elf Jahre alt gewesen sein – – – Aber was ist aus diesen Büchern geworden? Der Titel meines Buches blieb mir auf immer etwas fremd, aber die fromme Tat ehrte mich und verschaffte mir einen kleinen Heilsvorsprung. – – – Ich wundere mich, die Schneeanden zum Zeugen aufrufend, daß ich das alles gemacht und vermocht hatte, ohne die geringste Provision, alles umsonst, wenn ich von einem *Vergelt's Gott* absehe, dem katholischen Wort für *vielen Dank.* Eine Geschäftsniete war ich, die aber die Gabe hatte, den anderen alles aufzuschwatzen, was ihnen von Schaden war, selbst Männern, die sich zwischen den Beinen kratzten, oder Frauen, die bis dahin nur an Gott und Kuchen gedacht hatten.

Schließlich saß ich so sehr fest, daß ich die Hoffnung, meinem Gebirge zu entkommen, vollständig aufgegeben hatte. Aber es hat mich doch noch hinausgeschleudert, der Nachtfrau zum Trotz, die mich im Bett haben wollte und im Dunkeln zu Hause. Es hat mich hinausgeschleudert, dachte ich. Ich fahre immer noch, die Nachtfrau konnte sich nicht durchsetzen, sondern der Bierfahrer. Er hat mich nicht mit Bier versorgt, sondern mit Fernweh.

Meinen Fluchtbewegungen, die durch die Gefangennahme von seiten der Schule zum ersten Mal einen vernünftigen Grund bekamen, stellte sich mein ererbter Gehorsam entgegen. Mein von Anfang erinnertes Leben als Leibeigener, als Höriger der Welt über mir und der Herren dieser Welt verhinderte mein Fortkommen und Blühen. Hieß Blühen: sich verzehren? Wenn ich mich wiederholt erinnere und erinnern muß, wie es war, so sage ich, daß ich alles, was ich über meinen Biermann und den Kunstdüngervertreter von der Welt hörte, aufsog, gleichgültig, wie gut oder böse es war. Wenn es nur von weit her war. Doch mein Gehorsam trieb mich außerdem auch noch ins Haus Gottes und in die Arme seiner Stellvertreter und ihrer Nachstellungen, mich, eine schließlich scheiternde Verbindung aus Demut (dienmuot) und Ehrgeiz, Fernweh und Welterlösungswillen, aus Feuer und Wasser, Erde und Luft. Ich, dieses Ich, ging schließlich in meiner Maul- und Klauenseuche auf (ich weiß nicht, was für einen Namen es hatte, was mit mir war), die schlagartig ausbrach und alles, was ich war, gewesen war, zuschanden machte. Also keinen Willen mehr, in See zu stechen, mich für die Gesellschaft zur Rettung Schiffbrüchiger in die Wogen zu stürzen oder für die Deutsche Lebensrettungsgesellschaft. Nie mehr mit der Deutschen Kriegsgräberfürsorge in die Bretagne oder mit Pax Christi nach Polen oder in einen Kibbuz zur Jaffa-Orangen-Ernte. Längst habe ich meinem Treiben ein Ende gemacht.

Zuletzt trieb ich mich sogar im Münchner Hauptbahnhof herum, um für die Bahnhofsmission Geld zu sammeln oder Seelen zu retten, die sich, gelegentlich sogar nachts, zu mir flüchteten, nachts in mein kleines Zimmerchen mit dem Alarmknopf unter dem Tisch. Vor mich hingesetzt hatten sie sich und wollten etwas zu essen von mir. Zweimal im Jahr ging ich mit meiner von oben genehmigten Sammelbüchse die einzelnen Restaurants, die Vorhallen und Nischen und anderen Örtlichkeiten durch. Auch die öffentlichen Anlagen sparte ich mit meiner frommen Büchse nicht aus, mit meinem Verlangen, meinem fromm fordernden Verlangen nach einer kleinen Spende für die Bahnhofsmission. Diesen Satz habe ich tausendmal im Verlauf mehrerer durchaus erfolgreich gewordener Sammelaktionen vor mich hingesagt. Er war mir mitgegeben worden von der Schwester, die mich mit einer Armbinde, die mich als *Bahnhofsmission* deklarierte, losgeschickt hatte, sodaß ich sogleich als energisch fromm lächelnder Trottel vom Dienst zu erkennen war.

All diese Dinge behielt ich in Pico Grande fest bei mir. Überzeugt, daß gerade ein solcher Bericht etwas Neues gewesen wäre für Rosa, die alles wissen wollte und mich nach längst verflossenen Abenteuern ausfragte, daß das Herz wieder zu bluten anfing. Nein, die Bahnhofsmission und meinen frommen Wahn bis hin zu meinem Fernweh wollte ich bei mir behalten. Denn das hielt auch mich und diktierte mir nun meine Erinnerung. Nicht einmal den Freischwimmer hast du geschafft! höhnte sie. Von wegen in die DLRG (Deutsche Lebensrettungsgesellschaft)! Und wieder ging ich von Tisch zu Tisch und bettelte um eine kleine Spende für die Bahnhofsmission, ein Lächeln ins Spiel bringend, das sexuelles Wohlgefallen und einen Rette-deine-Seele-Eifer vortäuschte, alles aus Instinkt. Von Tisch zu Tisch lächelte ich undefinierbar, aber bestimmt, lächelte mich zwei Tage durch, zweimal im Jahr, zwei Jahre lang. Am Ende hatte ich das zweitbeste Ergebnis. Die Büchse wurde jeden Abend von der Schwester ausgeschüttet. Ich zählte vor, sie zählte nach, und nach zwei Tagen war ich an zweiter Stelle. Besser war ein zukünftiger Geistlicher, ein gutaussehendes Exemplar, der deswegen und weil er schön bayerisch GRÜSS GOTT! sagen konnte, über mich triumphierte. Er hatte mich abgedrängt, auf Platz 2 verwiesen. Ich war nur, *du warst nur der Zweitbeste und der Zweitschönste.* Die ganze Zeit schon versuchte sie, mich an den Haaren zu ziehen, mir Lästerungen durch die Ohren … *Weiche, Satan!* gebot ich ihr. *Apage Satanas!* fluchte ich in meiner Erinnerung, so, wie ich es gelernt hatte.

V.

Fritz schlurfte mit herunterhängenden Hosen auf mich zu. Noch unter der Tür sagte er mir, er sei krank. So sah er aus. Der Bademantel war vielleicht einmal ein Bademantel, deckte seine Blößen nicht zu. Ich sah blasses Fleisch, fern vom Leben. Haare, unnütz. Er hatte gar nicht bemerkt, daß auch seine Unterhose ganz am Boden, zwischen seinen Knöcheln und von innen nach außen – – – So öffnete er mir, ein Einblick in ein falsches Leben. Ich sollte aber dennoch hereinkommen und mit ihm einen Whisky trinken.

Auch er wohnte etwas außerhalb, in einem kleinen Holzhaus, das in einer Mulde stand. An einem Wasserlauf, der aus kaltem, klarem Wasser bestand, von Pappeln gesäumt. Allein sie waren von der Straße aus zu sehen. Sein Haus war ein Holzhaus, aber voller Elektrogeräte, die ihm seine Schwester geschickt hatte. Nur Strom gab es nicht. Bis hin zu Mixer, Wäschetrockner, Brotschneider und elektrischer Zahnbürste war alles da. Fritz brachte es nicht übers Herz, hinüberzuschreiben, daß er ohne Strom lebe. Er nahm den Whisky aus der rattensicheren Waschmaschinentrommel.

Die Begegnung mit ihm riß ein Loch auf. Bis ich ihn selbst kennenlernte, war er nur ein durch die Briefe meines Onkels Antonio geisternder Mensch gewesen. Elektrisches Licht gab es nicht, aber Bücher und Whisky gab es. Er tat sich mit dem Leben weh. Das war kein richtiges Leben, hinter seinen Büchern her, hinter ihren Fluchtgeschichten, ihrem Loch in der Straße. Er las. Aber auch noch die Bibel war voller Ausflüchte, ließ er mich wissen: Adam floh aus dem Paradies ins Leben, Abraham aus dem Zweistrom- ins Gelobte Land. Die Israeliten flohen von den Fleischtöpfen Ägyptens zu den Heuschrecken in die Wüste. Jona flüchtete ans Ende der Welt, damals Tarschisch bei Gibraltar, jenem Felsen, den Fritz schon am dritten Tag seiner Fahrt und Flucht hinter sich gelassen hatte. Aber Jona kam nicht einmal nach Tarschisch. Er mußte schon im Bauch des Walfischs aufgeben, blamables Ende einer Flucht. Immerhin folgte ein richtiges Leben mit Erlösung und Himmelfahrt.

Aber was war mit Fritz? Es war wie im *Nachsommer*, dem ersten Roman, den ich gelesen habe. Wegen eines drohenden Gewitters kam mein junger Freund ans Gartentor des Alten, von da ins richtige Leben. Sein eigener Vater hatte eine leblose Figur abgegeben, zu vergleichen mit dem guten Joseph innerhalb der Heiligen Familie. Vom Augenblick am Gartentor an gerechnet begann das richtige Leben. Der richtige Vater saß weiterhin tatenlos bei der Wiener Mutter, die die beste war, und weiter nichts, und bei der jüngeren, ebenfalls besten Schwester. Alle drei lebten von den Brocken, die der Sohn vom alten Herrn, der sich irgendwo am schönsten Ort in den Bergen niedergelassen hatte, nach Wien mitbrachte, jeweils, bevor der Winter einbrach. Gleich zu Beginn der Geschichte war der junge Mensch auf eine gottgleiche Figur gestoßen, die ihn am Gartentor belehrte, daß kein Gewitter zu erwarten sei. Und so war es dann mit allem. Der erste Streit blieb der einzige. Es folgte jene unbeschreibliche Richtigkeit der Dinge, das Nachsommerleben. Wie lange war das her! Im Verlauf weniger Sommer hat der altkluge alte Herr seinem Gast alles beigebracht.

Und ich? Hinter dem alten Herrn Fritz her, der mich in sein Haus und Leben zog, vor sich hintappend, vor sich hinsterbend? Wie hatte der alterslose Freiherr seinen jungen Gast am schmiedeeisernen Rosengitter empfangen! Aber ich wurde mit einer von den Farben des Lebens verfärbten Unterhose konfrontiert. Mit der Einladung auf einen Whisky am hellen Tag. Kann man sich denken, daß *Der Nachsommer* mit einem Glas Whisky beginnt?

Friedrich Wilhelm von Streng kam am 17. Mai 1909 als einziger Sohn des Generaldirektors Geheimrat Oskar von Streng und seiner Frau Helene, geborene Padtberg, in Berlin zur Welt. Aufgewachsen in verschiedenen Städten, die Sommer im Landhaus auf Rügen. Privatlehrer bis zur Sexta. Studium der Rechte in Kiel. 1932 Referendar im Preußischen Staatsdienst, 1933 entlassen (Gesetz zur Wiederherstellung der Ehre des Berufsbeamtentums; außerdem Unzuchtsparagraph 175). 1936 mit unbekanntem Ziel das Deutsche Reich verlassen.

Aus einer Notiz, nach dem Krieg.

Keine Entschädigung.

Ein schlecht erzogenes Kind, hörte ich. Seine Mutter hat ihn noch mit sieben Jahren von der Gouvernante im Kinderwagen herumfahren lassen. Die Milchzähne kamen auch erst im letzten Augenblick. Noch mit Achtzig die süßen Sachen in Kinderportionen, mit Kindergäbelchen, zerschnitt das deutsche Stück Torte in zehn französische Teilchen, die er unter heftigen oralen Automatismen in sich hineinschob, das habe ich selbst gesehen. Er war sein eigenes Haustier, hörte ich, trauriges Leben wie Tante Lotte. Erst die Katze überfahren, dann auch noch Oma gestorben. Das kann kein Zufall sein.

Streifte mein Gesicht, meine Augen, dann sah er sich auf einem Klavierhocker sitzen, die Beinchen baumeln, man hat ihn hinaufgesetzt. Dann schob die Frau den Hokker ganz nah an die Tastatur; und schon nach zwei Wochen war eine Melodie zu hören, die weniger war als *Hänschen Klein,* Fritzchen aber das Schönste schien, was er je gehört hatte.

Erinnerungen ohne Chronologie. Kennen Sie das Schmerzspiel? Wir waren von selbst draufgekommen. Was uns so einfiel mit zwölf, dreizehn Jahren. Ein demokratisches Spiel, es wurde gewürfelt. Und dann wurde der eine an den Baum gebunden, und ein anderer durfte mit ihm machen, was er wollte, solange das Spiel dauerte. Süße Schmerzen und saure Schmerzen, laute und leise, leere und volle, oben und unten, innen und außen. Sieger war, wer am Ende keine Lust mehr hatte. Dann kam der Spielkönig und setzte sich noch eine Weile auf den Bauch unseres Opfers und ging mit seinen Knien gegen die Achseln. Noch ein paar Quieker, und schon war alles fertig. Das Spiel war in unserer Gegend wohl so alt, daß die Erwachsenen, die uns bei unserem Treiben beobachteten, selbst mit einer gewissen Wehmut alles von ferne verfolgten.

Dann hörte ich, wie es weiterging. 1936 finden wir ihn schon in der Neuen Welt, die er als Weltreisender getarnt erreicht hatte. Rosa ließ mich wissen, daß bei ihm *auch in der Liebe* nicht alles in Ordnung sei.

Einheimisches Fell! sagte er, streifte den Überzug, in dem ich ziemlich tief versunken war.

Dieses Haus, dieses Fell, dieser Sessel, in dem er saß: alles verlangte eine Erklärung, glaubte er, angefangen mit der Überfahrt. Dieses Schiff! Die Sierra Ventana, ein richtiges Auswandererschiff. Ich war ja oben beim Kapitän, Auslauf genug, während die Auswandererklasse eng gedrängt, wissen Sie, ganz hinten und unten, im Schiffsbauch eingerichtet war. Möglichst viele Auswanderer sollten untergebracht werden, da, wo das Schiff am meisten schwankte. Bald nach dem Ersten Krieg haben wir wieder mit den Schiffen angefangen; und zwar mit größeren Schiffen als je. Ballin war zwar tot. Er hatte sich auf die Nachricht hin, der Kaiser habe abgedankt, einfach umgebracht! Stellen Sie sich vor: sich wegen dieser Figur auch noch umbringen! Der Engländer hat uns ja kein einziges Schiff gelassen, sagte mein Vater, nur den Hafentender GRÜSS GOTT! Mit ihm mußten wir ganz von vorne anfangen, sagte er. Ein Schiff, kaum größer als Magellans 90- und 130-Tonner.

Ein Hafentender! GRÜSS GOTT! – – – Vom ganzen Wilhelminischen Seeimperium blieb einzig die kleine GRÜSS GOTT!

Mit der GRÜSS GOTT!, die eigentlich für Hafenrundfahrten gedacht war, wurde das abgeschnittene Ostpreußen versorgt. Aber dann wurden die großen Sierra-Schiffe gebaut: Sierra Nevada, Sierra Ventana, Sierra Madre, die allerdings nach dem abermals verlorenen Krieg wieder an England fielen. Meine Freundin Hazel schrieb mir, daß sie immer noch, unter anderem, falschem Namen zwar, fahren.

Die Überfahrt – – – Es hieß, daß auch der abgedankte Zogu von Albanien an Bord war. Zu sehen bekam ich ihn nicht. Jeden Tag gab es gedruckte Speisekarten, und Fritz kramte und fand bald eines dieser Relikte zum Andenken an einen längst vergangenen Hunger und Durst. Selbst in der Auswandererklasse gab es diese gedruckten Karten, wenn auch blasser und *mit weniger drauf*, sagte Fritz. Da stand einfach *Brot mit Butter* an der Stelle, wo bei uns *Mille Foglie* zu lesen war. Aus Platzgründen wurde abwechselnd geschlafen und gewacht.

Das Meer war eine Zumutung für mich. Ich war dem Land entkommen, zu aufgewühlt, um einfach auf das Meer hinauszuschauen. Ich flüchtete mich in die Bibliothek. Aber da waren nur Bücher von und über Admiral Tirpitz, vom Ostafrikahelden Lettow-Vorbeck, dem Ozeanflieger Freiherr von Hünefeld, dem U-Boot-Kommandanten Paul König und von Zeppelin, den ich Ihnen nicht erklären muß. Auch eine Bibel. Die einzige Geschichte, die mit Hochseeschiffahrt zu tun hatte, war die mit Jonas und dem Fisch. Das war noch einmal gut gegangen. Auch die langweiligsten Abschnitte der Heiligen Schrift waren schon halb tot gelesen.

Auswanderer, die später wegen der Moskitos aufgaben.
Selbstmordversuche aus ähnlichen Gründen.

Müde? – – –

Dann zeigte er mir noch ein Bild der Sierra Ventana. Ein schönes Schiff, zweifellos, aber Norma war längst ungeduldig und wollte mich wegziehen. Dennoch hat Fritz mir noch zum Abschied *den Haifisch erklärt*, so wie er ihm erklärt worden war; und zwar von einem Geistlichen, der Erster Klasse wie er, aber aus anderen Gründen, nach Amerika unterwegs war.

Eine Art Predigt folgte.

Zweiundzwanzig Tage zog ich auf der *Sierra Ventana* einen Strich durchs Meer. Unter mir wimmelte es von Haifischen. Sie zogen mit uns und unserem Abfall ein Stück weit in die Neue Welt. Irgendwann drehten sie ab und fanden ein neues Schiff.

Von der Überfahrt weiß ich nichts mehr. Ich weiß nur noch, daß ich weggefahren bin. Dann kann ich mich an die Haie und an einen Jesuitenpater erinnern. Er hat mir den Haifisch erklärt. Zunächst war ich überrascht, als er mir sagte, daß der Papst der Stellvertreter Gottes auf Erden, im Wasser aber der Hai sein Stellvertreter sei.

Haben Sie vom Untergang des Zirkus Hagenbeck gehört? Wie sich das Blut mit dem Wasser vermischte, wie alles unterging? Hat einer überlebt, dann kann er erzählen.

Und der Hai? Der Hai ist zunächst eingesetzt, die Meere zu durchstreifen und mich daran zu erinnern, daß ich ein Landtier bin. Ich bin ein Landtier. Ich gehöre nicht ins Wasser. Ich bin ein Landtier. Das gilt auch für den Stellvertreter Gottes zu Lande, den Heiligen Vater, sagte er. Er fuhr in den Urwald, um eine Missionsstation zu übernehmen. Amazonas. Wissen Sie überhaupt, woher der seinen Namen hat? Da waren die ersten Spanier, die fuhren den Fluß hinauf und hielten die Indianer für Frauen, nur weil sie keine Haare auf der Brust hatten, stellen Sie sich das vor! Aber weil sie so kriegerisch waren wie die Amazonen, hat man sie ... Die meisten sind heute katholisch, aber es sind nicht mehr so viele. Im Amazonas gibt es den Hai nicht, dafür den Piranha, einen entsprechenden Süßwasserfisch.

Nun folgte die Rechtfertigung des *Haifischs* aus dogmatischer Sicht.

Zunächst ist er einfach da! Sie können staunen! Ist es nicht wunderbar, was es alles gibt! Bald fallen Ihnen aber die langen, spitzen, in Bändern angeordneten Zähne, die ständig nachwachsenden Zahnreihen auf, und vielleicht wird Ihnen sogar ein Arm oder der Kopf abgebissen. Was sagen Sie dann? – – – Falsch gefragt! Dummkopf, der Ihnen noch nicht weggebissen ist! Sie müssen viel ursprünglicher fragen: Warum und wozu habe ich einen Kopf?

Genau. Denn ich soll nicht nur dumm staunen, nicht bei den Zähnen steckenbleiben, sondern hinter den Sinn, auch hinter diese Haifischzähne kommen. Weiterkommen. Dahinterkommen. Und ich gebe Ihnen, junger Freund, das erste Stichwort: Schöpfungsordnung, natürliche Theologie.

Das sind zwei Stichwörter. Streng gedacht ist der Haifisch eine Spur Gottes, die direkt zum Schöpfer führt. Nicht etwa durch den Haifischzahn, sondern durch den Menschen wird die Schöpfungsordnung durcheinandergebracht. Ich habe nie von einem perversen Haifisch gehört. In keinem einzigen Meer ist man bisher auf einen perversen Haifisch gestoßen, das heißt auf einen, der den Menschen, der im Wasser nichts verloren hat, nicht weggebissen hätte und statt dessen lieber anderen, ich möchte sagen: unnatürlichen Vergnügungen nachgegangen wäre, ich denke jetzt vom Hai und der Schöpfungsordnung aus.

Wir sind alle Stellvertreter Gottes, einerlei, wo wir als sein Geschöpf gerade stehen oder liegen, kriechen oder fliegen oder schwimmen. Der Hai ist der Bevollmächtigte Gottes unter Wasser. Überall werden seine Zähne seinen

Namen verkünden. Ist das nicht herrlich! Wir sind schon fast in der Mystik. Wenn Sie wollen, haben wir hier auch schon einen ersten Gottesbeweis: daß du gefressen wirst, offenbart, daß es etwas Höheres gibt als dich. Auch der gottloseste Seefahrer könnte die Spur erkennen, die vom Haifischzahn und weiter zum Schöpfergott und letzten Grund aller Dinge führt. Aber oftmals will er nicht und stirbt einen blutig sinnlosen Haifischtod, was es für einen geistig Blinden auch tatsächlich ist.

Wirf mich ins Wasser! Es piekst vielleicht etwas. Du landest im Haifischmaul. Anders gesehen landest du aber im Paradies! Du zitterst zwar etwas, dir wird flau im Bauch. Aber vielleicht hilft dir die Vorstellung, daß du jetzt als Leckerbissen dienst. Das ist im Grunde ein wunderbares Geheimnis. Der Opfergedanke gehört strenggenommen in diesen Zusammenhang. Du opferst dich stellvertretend für diesen Haifisch und für alle Haifische deines Lebens.

Das Leben *ist* Leiden, aber der Mensch sträubt sich dagegen. Das Leben *ist* gefährlich. Aber schon das Karnickel will nichts davon wissen, obwohl es wissen müßte, daß das Leben nichts anderes ist als Leid und Gefahr. Aufgrund seines Instinkts, du aber? Hast du ein Gewissen und den Schutzengel? Was also? Warum Gut und Böse, klein und groß, Wasser und Land, hier und dort nicht unterscheiden wollen?

Hast du dich in das Schmerzgeheimnis eingelebt, wirst du keine dummen Fragen mehr stellen. Willst du, daß dein Haifisch verhungert? Du wirst jetzt wissen, daß das Haifischmaul nicht eigentlich Schmerz und Tod in Aussicht stellt, sondern eigentlich Erlösung und ewiges Leben. Dein Verschwinden im Haifischmaul ist der Anfang deiner ewigen Herrlichkeit. Der Dummkopf sagt: Schmerz und Unsinn. Ich sage: Erlösung und Herrlichkeit. Es vollzieht sich vor deinen Augen, durch dich, in dir, mit dir eine Verinnerlichung grandiosen Ausmaßes, deren scharlachrotes Gesicht dich nicht schrecken kann. Alles fließt hier zusammen: Sinn und Unsinn, Seele und Blut, Schmerz und Opfer, Erlösung und Herrlichkeit, Hingabe und Vollendung, Jüngster Tag und himmlische Liebe. Weißt du endlich, daß sich hier an dir ein letzter Akt der Liebe vollzieht?

Du weißt es nicht?

Eine dem Frieden dienende Liebesmission läßt ihn die Meere durchstreifen. *O Haifischzahn! Himmlisches Geheimnis! Sinngeheimnis! Himmlisches Heilswerkzeug!* Ich kann gar nicht genug glauben, verriet mir mein Pater. Er hatte sich in seinen katholischen Glauben hineingesteigert. Aber ich, am Anfang evangelisch, habe nie wieder durch einen Geistlichen etwas besser verstanden. Alles war einleuchtend.

Sie fahren jetzt nach Südamerika. Wollen Sie sich nicht lieber gleich opfern? Wollen wir nicht zusammen ins Wasser springen? Aber dann haben die Indianer keinen mehr, der ihnen die göttlichen Geheimnisse verkündet. Ich wollte lieber noch den Umweg über Patagonien machen.

Schön, daß der Mensch so weit fahren kann, sagte er. *Die Kreatur leidet, aber das Geheimnis ist herrlich! sagt der heilige Laurentius von Schnüffis.* Kommen Sie, ich will Sie segnen. Er segnete mich.

Und zu Hause wartete man auf eine Beschreibung von Rio!

VI.

Ich stieß auf Galina Pawlowna.

Eine Hymne auf die Füße von einst, bevor sie müd waren!

Nachdem sie hier angekommen war (in einem der Winter nach dem Krieg, Fritz wußte nicht mehr genau, in welchem), blieb sie auch gleich hängen, bis zum heutigen Tag, mehr als vierzig Jahre. Eine Russin, sagte sie vereinfachend. Sie kam aus der Ukraine, von den Deutschen nach Deutschland geraubt, danach von den Engländern beschlagnahmt und ums Haar zu Churchills Freund Stalin abgeschoben, sagte mir Fritz. Vorher noch von den Engländern bombardiert. In Amerika unerwünscht, nach Argentinien abgeschoben, von Buenos Aires in den Süden abgeschoben, in die Südspitze Patagoniens.

Verstehen Sie etwas von der Welt?

Ich wußte nun schon fast alles, aber alles, was ich sah, war eine Frau, die ihre Haare hängen ließ, ihren Kopf, ihr Leben.

Sie leitete das kleine Hospital von Pico Grande, eine der Krankenstationen, die über Patagonien verteilt waren. Sie wurde in Pico Grande gebraucht. Nach ihr würde das Hospital Rural geschlossen werden. Mit ihrem Mario, dem Indianer, den sie bei sich aufgenommen hatte, als er ein Jahr alt war, sprach sie Russisch. Mit der normalen Bevölkerung Spanisch. Mit mir sprach sie Deutsch. Es war ein unendlicher Weg bis hierher, aber selbst in Pico Grande hatte sie noch Angst, entführt zu werden. Ihre Angst war konkret.

Umso zwingender war ihr Glaube, da sie sich aufzählen konnte, wie oft sie schon der Verfolgung entkommen war. Auf jedem Kontinent war ihr mindestens einmal nach dem Leben getrachtet worden.

Die Angst versandete, das Gespräch. Wir schwiegen. Die Welt holte sie an ihrem Ende ein und brachte einmal Kopfweh und einmal den Tod.

Sie lebte ja nur, weil sie verfolgt wurde, weil sie von den Deutschen nach Deutschland geraubt, von den Engländern ums Haar ans Messer geliefert und von den Amis im Schatten der Freiheitsstatue aufs offene Meer hinausgetrieben, weil – – –

auch war sie nie ganz gesund – – –

und Heimweh – – –

Amerika kam für sie nicht in Frage.

Kommen Sie wieder! sagte sie.

Ich ging.

Jede Personenbeschreibung wäre ein Reisebericht.

VII.

Ich schweifte ihre Wände entlang, sah schließlich weiße Mäuse und Ameisen, fleißig wie die Bienen. Einige besonders schöne Ameisen, aber Ameisen. Eine Müdigkeit hatte mich erfaßt, vergleichbar meiner kindlichen Müdigkeit, jener Müdigkeit vom Anfang mit ihrem Unwillen gegen Tag und Licht und Menschen. Den Leuten zusehen, wie sie ihr Käsebrot verschlingen, schmusen, Arm in Arm in der Nacht entschwinden?

Erinnerungen an Strände, an denen ich saß und die von Homer erwähnt wurden. Miserere-Syndrom: Scheiße kotzen, aber kein Fieber, die Reise kann weitergehn. Hagios Nikolaos, Seefahrerpatron, *der Ort ist sehr einsam,* las ich mir vor.

Das Abendlicht wird dir auch noch geschenkt, dachtest du. Aber die Kordilleren sind dir nichts als ein blaues Band. Du bist mit dem Flugzeug angereist, bist angeflogen und hast dich ebenso schnell abgefunden mit allem, was du zu sehen bekamst. Dir, mir genügte damals schon der Biermann, der in der Welt herumgekommen war, unser Biermann, ein Biermann, der Wien gesehen hatte, die Wolga, den Kaukasus, den Balkan, alles im Krieg. Jetzt hatte er eine Frau, die ihm Kinder geschenkt hatte, Wunschkinder, ein Haus, Summe eines verpfuschten Lebens.

Bald war die Gegenwart wiederhergestellt, von Lord Byron und all seinen Gedenktafeln um das Mare Nostrum befreit und erlöst. Wer war dieser verdammte Kerl? Ich kannte keine Zeile von ihm und wußte, an welcher Stelle er das Meer durchschwommen, an welcher Stelle des Wassers er den Tod gefunden und wo er in Rom seine Sandwiches verspeist hat. Erinnerungen, Ballaststoffe: Goethe trank schon zum Frühstück, seine Frau *und* sein Sohn gingen am Suff zugrunde. Währenddessen schritten unten, auf der einzigen Straße von Pico Grande, Liebespärchen an mir vorbei, als ob sie auf dem Weg ins Theater wären.

Früher (darf so der Satz eines Menschen beginnen, der lebt?) stand ich an Allerseelen auf dem Heimatfriedhof herum. Jetzt bist du hier, sagte ich mir, am Fuß der Anden. Die anderen versuchen, eine Verbindung zu deinem Leben herzustellen, sie ziehen dazu ein Photo aus der Tasche und behaupten, du habest eine gewisse Ähnlichkeit mit deinem Urgroßvater. Und auch sie habe von dieser Ähnlichkeit, sagt Rosa. Es sei mir und ihr ins Gesicht geschrieben, woher ich sei und was. Ganz zu Beginn sagte ich mir: stell dich auf ihre Fragen ein, sie wollen nur von dir wissen, wie es zu Hause ist. Versuch, ihnen von der Heimat zu erzählen, unserem Friedhof mit der schönen Aussicht, dem Leben, das ihres sein könnte. Ich spannte also meine Flügel aus.

Sie wollen Photos sehen, die ihnen mehr sagen, als ich sagen kann. Sie wollen wissen, was es zu essen gibt, alles der Reihe nach. Unsere Höhlen? Sollte ich von der Bärenhöhle, den Tropfsteinhöhlen und allen Höhlen meiner Kindheit berichten oder einfach von meinen Höhlen, zu denen ich später auch noch die Diktehöhle rechnen mußte, wo Zeus geboren war, die Idahöhle, wo er vor seinem Vater versteckt wurde, damit der ihn nicht gleich zu Beginn der Geschichte auffraß? Oder von der Stelle, wo Europa an Land getragen wurde? Nicht weit davon, nur noch etwas südlicher, soll Kalypso beheimatet gewesen sein und Paulus an Land gespült worden ... Sollte ich Rosa von den Strandungsorten berichten, die auch noch ihr Leben erreichten? – – – Früher (darf ich das sagen?) stand ich an einem solchen Tag auf dem Friedhof, ein Gemisch aus Chrysanthemen und Wintermänteln. Verstanden sie mich, eine Erinnerung aus Höhlen, Chrysanthemen und Wintermänteln? Die Bärenhöhle mit dem Bären, der seine Tatzen um mich geschlungen hat und sich mit mir im Arm, auf dem Arm photographieren ließ, das war ein handfestes Bild, das ich aus der Tasche ziehen konnte. Oder das Röntgenbild vom Tag der Reihenuntersuchung? Konnte ich mir an diesem Tag schon vorstellen, daß in Pico Grande *alles ganz wie zu Hause* war und sein würde? Als Tourist mit seinen Lügen und als Kundschafter mit seinem Bericht von den Menschenfressern, den Ruinen am Meer, am Meer der Erinnerungen und Armen Seelen? Die Erzählung stockte, ich flüchtete mich zur Röntgenreihenuntersuchung und meiner Angst und Scham, die sich jetzt, inmitten meiner fernen Verwandten, in Gelächter auflöste. Alle lachten, *mußten* lachen. Ich, der ich nun meiner katholischen Herkunft hinter dem Berg und meiner Zeit hinter dem Berg selbst entflohen war und sie wie die Kleider am Tag der Röntgenreihenuntersuchung nach Geschlechtern getrennt abgelegt hatte, konnte nun auch über die zu dicken und zu dünnen, die richtigen und die falschen Oberweiten auf der Frauenseite und mein wiederholtes Erröten mitlachen. Dies aufgrund meiner Vorstellung, denn ich war ja auf der Männerseite, hatte die andere Tageshälfte. Ich ließ mir sagen, wer einen gestopften Unterrock oder eine ausgestopfte Oberweite trug und den Schweiß auf Stirn und unter den Achseln ins Gesicht geschrieben hatte. Meine Mädchen, die dabei waren, haben es gesehen und bezeugen diesen Nachmittag, und was sie bezeugen, ist wahr (die Männerseite war auf den Vormittag befohlen), sich ebenfalls in den Boden schämend, als sie zum ersten Mal in ihrer Reihe standen und auf die Durchleuchtung ihrer oberen Körperhälfte warteten. Schöne Grüße an die Mutter …

Als mich nämlich die Aufforderung erreicht hatte, der Befehl, zu dieser Untersuchung zu erscheinen, fielen mir sogleich meine Achselhöhlen ein, die fehlenden Haare, die Haare, die nach Geschlechtern getrennt gezählt würden, meine zu kaltem Schweiß geronnene Angst, das erste Mal das Wort *negativ* – – – das alles war jetzt, Jahrzehnte später, nur noch ein Gelächter wert. Schon damals mußte sich mein Nebenmensch nicht schämen, dicke Haarbüschel quollen ihm aus den Ohren, aus den Achselhöhlen, aus dem Bauch. Aber was war mit mir? Ich war vierzehn und ganz mangelhaft. Das konnte ich jetzt in Pico Grande berichten. Der Stellungsbefehl, die Karte, die ich noch vor mir sehe und mir (zusammen mit anderen über die Jahre verstreuten Nachrichten) das Leben schwer wie ein Schatten machte, war durch die Zeit nicht viel mehr wert als eine Erzählung mit entsprechendem Gelächter. Meine Angst war zu einem Witz geworden. Aber am meisten gelacht wurde, als sich herausstellte, daß selbst in Pico Grande diese Untersuchung von Amts wegen alle Jahre wieder stattfindet und genau so, als ob es zu Hause wäre, bis in die Einzelheiten der notdürftig verdeckten Scham auf der Frauenseite. Bis zum heutigen Tag sind alle, die diese Karte bekommen haben, ob sie lesen können oder nicht, erschienen, und die letzte Indianerin hat sich alles vorlesen lassen, hat ihr weißes Hemd, und was dafür galt, abgelegt und am Eingang des Röntgenwagens gewartet, bis sie an der Reihe war. *Alles ganz wie zu Hause,* nur an der Stelle der indianischen Brust und des indianischen Achselhaars meine Erinnerung an den durchsichtigen Schweiß unter meinen Achseln. Wir sind bei den meisten Dingen ganz unter uns …

Das Schweißzentrum meiner frühen Zeit, meine Naßzellen in den Tagen vor der *Messerimpfung,* das war noch ein Gelächter wert, bis es weh tat.

Nun kehrten wir zu vernünftigen Erwägungen zurück, zur Gnade des Personals, der Krankenschwester, die dem zu Durchleuchtenden das künstliche Gebiß im Mund ließ oder nicht. Das war nur zu Hause so, denn in Pico Grande gab es zwar Zähne, aber keinen Zahnersatz. Die Stimme Rosas, die der eines Kakadus oder einer Italienerin glich, die aufgeregt von einer Wäscheleine zur anderen mit ihren dicken Oberarmen und ihrem Unterrock heiße Tage auf dem Balkon verbringt und ihr scharfes *E!* herausstößt, warf sich zu mir. Was war mit dir? wollte sie wissen. Wußtest du schon, was Liebe ist? Ich? Mit meinen Unterhemdchen und Unterärmchen?

Sie, meine Muse, sollte mir im Verlauf des Sommers alles zeigen, alles, was es zu sehen gab, alles, was sie sahen. Wollte sie mir erst die Höhle zeigen oder erst zu den Opfern der Maul- und Klauenseuche, die unverbrannt und unbegraben in einer natürlichen Mulde am Weg in die Kordilleren lagen? Nur die Geier, die aber nicht Geier hießen, sondern einen anderen Namen hatten, der mit *Condor* verwandt war, machten sich noch über die blauverfärbten, zu Monsterleibern verwandelten sterblichen Überreste her, und Neugierige, denen dieser Anblick nichts Gutes verhieß. Alles war nur eine relativ kurze Zeit zu sehen. Ich konnte Rosa verständlich machen, ihr versichern, daß es das auch bei uns gab. Ich ließ sie Maul- und Klauenseuche auf deutsch nachsprechen. Maul- und Klauenseuche – – – das war nun wie das Geknurre eines Hundes, eines kleinen Hundes. Anschließend lachte sie kurz und hart über das Wort und wiederholte laut: *Mau- un-Klauenzeuch-* und wollte wissen, ob sie das richtig sagen konnte. Tatsächlich. Sie hatte die Oberarme einer Süditalienerin, einer Neapolitanerin, die im Unterrock am Fenster steht – es ist unbeschreiblich heiß. Der Ausbruch meiner Maul- und Klauenseuche lag lange zurück, als ich aber den ungeschützten Haufen sah und sah, daß die Zeit zugleich verging und nicht verging, schwindelte ich: nur eine kleine Schwäche. Dies war das deutlichste Zeichen, das ich bisher in Pico Grande erhalten hatte. Wir saßen wieder zu dritt vorne im Chevrolet, Mario, der Sohn der Doctora, saß am Steuer, nur die Scheiben und ein Sicherheitsabstand trennten uns noch von den auseinanderbrechenden Leibern. Aber Rosa wollte alles sehen und wollte mir alles zeigen, wollte von Mario ganz nah hingefahren sein, so nah, daß es für ihn anschließend ein Kunststück war, wieder herauszufinden, ganz nah. Die Scheibe hinuntergedreht, und wiederum war ein gewaltiges, abscheuliches *E!* zu hören, wie ich es selbst von Rosa noch nicht vernommen hatte. Ich erschrak über alles, am meisten des Schreis wegen, der die monströse Begeisterung über das Entsetzliche nicht zurückhalten konnte. Des Anblicks wegen, der mich in die früheste, überwunden geglaubte Zeit zurückwarf, in meine Angst vor den Toten und die Todesangst. Das ist alles ganz natürlich, gab ich ihr zu verstehen. Von allen Seiten natürlich, von oben, im Anflug, auf Augenhöhe, von unten her, schließlich von innen heraus – – – die Natur mit ihren vom Licht strebenden beziehungsweise alles durchdringenden, alles mit allem verbindenden, in allem aufgehenden Würmern und Elementen: nur natürlich, sagte ich. Alles ganz natürlich, selbst meine wie die Maul- und Klauenseuche ausgebrochene Todesangst.

Habe ich das wirklich gesagt oder nur gedacht? Ich sagte noch einmal das Wort Maul- und Klauenseuche vor mich hin, ein Wort, das sie schon nachsprechen konnte, das jetzt ausgebreitet vor uns lag, ganz natürlich, selbst die so unnatürlich scheinenden und schimmernden Blautöne, blau, meine Lieblingsfarbe, ein Blau, wie ich es nie gesehen hatte. Die Innereien quollen nach außen, platzten in Blau und Rosa, in Schwarztönen, den hellen und dunklen Farben des Blutes. Eine hochinfektiöse Angelegenheit, zu Hause wurden die zusammenbrechenden Tiere von Spezialviehhändlern mit Spezialviehwaggons abgeholt, von einem automatischen Gewinde ins Fahrzeug gezogen, die Menschen wurden wochenlang eingesperrt. Am Rand der Kordilleren gab es keine automatischen Gewinde, keine Spezialviehhändler. Das war vielleicht der einzige Unterschied zu zu zu-zuhause. Das Naturschöne und das Kunstschöne: Ich stieß auf *to kalón.* Wir stießen zurück, fuhren schon wieder auf der Straße. Sie bot mir ein Drops an, sie führte immer etwas zum Lutschen bei sich. Ich spürte ihre dicken Arme. Fast alles spielte sich im Chevrolet ab.

Blut. Nichts als Blut. Blut und sonst nichts.

Gleichzeitig oder nebenher gab es meine Angst vor dem Urwald, vor den vereinfachend *Wilde* genannten Menschen, die mir als Kind das Leben zusätzlich schwer machten, obwohl ich niemals einen solchen Wilden zu Gesicht bekam, der irgendwo auf der Welt seinesgleichen bis auf die Knochen abnagt, und falls es mein Gott so geplant hat, mich, den Eindringling, bis auf die Knochen abnagt, aus meinen Oberschenkelknochen zwei Halsketten geschnitzt hätte, und selbst noch mein kleinster Fingerknochen hätte für einen Ohrring gereicht, mit etwas Gold vermischt, so geschickt waren sie. Alle meine Vorstellungen hatten sich am TAMTAM entzündet, einem Missionsheft für Kinder. Ich hatte gelesen (nein: hineingelesen), daß sie damals in der Gegend von Patagonien aus lauter Lust einander aufritzten, denn der Tod war ein Fest, und ein Mann berauschte sich am Blut des anderen. Das Blut wurde nicht gesalzen und nicht versüßt, nicht gekocht und auch nicht zu einer Blutwurst gemacht oder sonstwie verfeinert. Man nahm einfach den nächstbesten Gefangenen, öffnete sein Herz mit einem scharfen Gegenstand, einer Art Messer, und schlürfte und trank in vollen Zügen und berauschte sich an Blut und Leben, bis alles aufgesogen war. Dann ließ der Wilde ab, schon war er wieder nüchtern und versteckte sich hinter dem nächsten Calafatestrauch. Die Frauen, die außerhalb in ihren Ställen zusammenhockten, warteten nur noch darauf, herausgelassen zu werden und die Innereien auszulutschen, dachte ich mir. Im TAMTAM stand davon nichts.

Möglichst weit weg von der Natur! Das wäre die Rettung, dachte ich jetzt; ich hatte keinen anderen Wunsch, als möglichst weit weg von der *Natur*, dem Naturschönen und allem, was mich in seinen Ketten hielt. Genau an derselben Stelle wie im Urwald floß das Blut, und es gab dieselben Blutgruppen mitten im Urwald. Nicht nur die Sternzeichen wurden geteilt, auch das Blut. In jedem von uns, in unseren Flüssen, lichtlosen Flüssen, schwammen die ersten Regungen des Lebens mit. Ich stand auf Menschenfresserboden. Von dort hinten war er gekommen. Hier hockte er auf dem Boden, hier nagte er an seinem Knochen herum. Ich hätte erschaudern können, doch wies mich meine eigene grausame Herkunft in die Schranken. Die Wilden, sosehr ich mich an ihrer Wildheit berauschte, beherrschten doch nur das kleine Einmaleins der Grausamkeit, während ich dem Großen Einmaleins entstammte. Geradezu rührend die Geschichte vom Tod eines dieser Wilden, der sich schlafend stellte und seinen Lieblingssohn mit in sein Grabbett nahm. Und daß jede überzählige Frau getötet wurde, ich weiß schon. Ein paar wenige hat man in ihrem Stall zusammengesperrt und nur zur Arbeit herausgelassen. Tag und Nacht war dieser Stall abgesperrt. Die Frauen sprachen nicht und konnten auch nicht sprechen. Sie hatten nur eine kleine Stallsprache entwickelt, die kaum über ein Grunzen hinausging. Die kleinen Mädchen wurden wie die Hähnchen aussortiert. Nach ein paar Wochen schlug man ihnen den Kopf ab und machte eine Suppe aus ihnen. Noch bei den ganz Wilden regierte die Logik des starken Geschlechts.

Ich hörte von Rosa, daß ihre hiesigen Vorfahren aus Blut eine Suppe machten, die himmlisch schmeckte. Ganz so wie den Japanern das aus einem lebenden Affen gelöffelte Hirn, ergänzte ich. Aber Rosa strafte mich mit ihrem Unglauben. Diese Geschichte war für uns beide eine Zumutung.

Sieht jetzt mein rechter Schuh wie mein linker aus? Bin ich eine Mißgeburt, daß ich im Gleichschritt nicht gehen kann? fragte ich mich. Diese Fleischfresser! In die Wurst mit ihnen! Es war ein heißer Tag, ich gebe es zu.

Nun war ich da. Die Geschichte meines Heimwehs hatte ich bisher noch nicht ins Auge gefaßt, aber jetzt, an meinem Lieblingsplatz, auf meinem Friedhofshügel am Ende der Welt, konnte ich mir ein Bild machen, woher ich kam, und auch, wohin es mich zog.

Als Kind ließ ich die ganze Sonne hinter meiner kleinen Hand verschwinden, das war möglich. Ich hielt einfach meine schützende Hand vor die Augen. Woher rührte das Händchen? Es waren niedrige Verhältnisse, in jedem Fall funktionierten die Organe. Ich erinnerte mich an das Geheul meiner Katze, die in der Katzennacht auf der Suche nach der großen Katze war. Meine Katzen, die sich eben noch um nichts in der Welt voneinander hätten trennen lassen, durch keine Haselrute und nichts sonst, jagten schon wieder auseinander. Ein Stein genügte, und das Glück war in zwei Teilen.

VIII.

Ich stoße auf das Tal des Todes. Eine alte Landkarte, der Süden in einem anderen Jahrhundert. Das Tal des Todes war grün verzeichnet, hart an den braun und weiß vermerkten Flächen, die den ewigen Schnee anzeigen sollten. Mein schon zu Hause auf der großen Karte ausgemachtes Tal lag nur ein paar Meter über NN. Kurze Begründung: ich suche ... Das Tal des Todes war ein Seitental des Rio Pico. Nur auf meinen besonderen Wunsch verschaffte mir Rosa eine Gelegenheit, in mein Tal zu kommen, dessen Name jeden, der am Leben war, abschreckte. Ich war auf ihre Hilfe angewiesen, und dann machten wir doch einen *Ausflug,* ganz stumm, ganz ohne Gelächter. Ich hätte abermals auf den Fisch zurückgreifen müssen, dieses Fleisch, dieses von meinem Fleisch entfernteste Leben, das nicht schreit, das du abstechen kannst und aufspießen, und es bleibt stumm wie ein Fisch.

Verklebtes Haar, die Augen flüchten sich in die Araukarien vor dem Fenster.

Nach dem Fest. Wir saßen zunächst auf einem Fest, ich glaube, ein Geburtstag wurde gefeiert. Wir saßen, Menschen und Tiere, Rosas Hund, alle, die sich ungeregelt vermehrt hatten. Einer von den Gästen konnte zaubern, und es wurde gelacht. Richtig gelacht wurde aber erst, als zum ersten Mal das Wort *ficken* fiel. Ein aufgekratztes, Empörung spielendes Gelächter auf der Frauenseite, kaum daß das erste Glas getrunken und dieses Wort aus irgendeinem Mund herausgeflutscht war. Rosa beobachtete mich, während sie am lautesten mitlachte. Doch ich konnte darüber nicht lachen, ich war elektrisiert. Meine Ekstasen waren nie mit einem Gelächter verbunden.

In unseren Bäsle-Briefen, den Bäsle-Briefen, in denen ich ihr, meiner Cousine und Brieffreundin, von meinen

Hobbies berichtet hatte (wobei ich das wichtigste, im Lauf der Jahre entscheidende Bedeutung gewinnende verschwiegen hatte), war es niemals zu einer Doppeldeutigkeit gekommen. Ich konnte nicht wissen, wie Rosa im Leben war, ich wußte nur, wie sie in den Briefen war. Ich kannte ihre Stimme noch nicht, ihre dicken Oberarme. Aber die richtigen Bäslebriefe hatte ich auch im Reisegepäck. Nachdem ich ihr schönes, dunkles Gesicht zum ersten Mal gesehen hatte, *live,* und zum allerersten Mal ihren Arsch, ihr Gebirge, das mir nicht einmal als Photographie bekannt gewesen war, bekam ich Angst vor ihr, ihren Händen und Füßen, selbst ihren Sandalen mit den darin eingezwängten, nachlässig, aber rotviolett lackierten Zehennägeln. Ich gebe es zu.

Ficken – sie lachte von ganz unten her. Die Bäslebriefe, die richtigen, die ich (als Simultanübersetzer und im groben) vorlesen wollte, wies sie von sich, wollte sie nicht hören. Schon als das erste Mal das Wort *scheißen* fiel, brach sie ab: Laß mich mit den Bäsle-Briefen in Ruh! Sie lachte bei *ficken.* Hatte sie niemals eine Erscheinung gehabt, hatte sie nie gesehen, daß dabei die Nacht nicht mehr so dunkel war? Und ich? Warum lachte ich nicht? Eine Erscheinung ... Niemals hatte die Madonna gelacht, wo immer sie erschien. Und Jesus selbst, damals noch meine letzte Instanz, hatte man nie lachen sehen. In der ganzen Bibel stand davon kein Wort. Und so hatte es mir auf dem Fest den Atem verschlagen, als ich sah, daß es ihnen nicht den Atem verschlagen hatte, daß sie das Gegenteil davon taten: sie lachten, als sie das Wort *ficken* hörten. Genug davon. *Ficken,* kein schönes Wort, aber schön, zum Zittern? Und an dieser Stelle stoße ich auf das Tal des Todes.

Zurück zu den Gästen. An den Tischen streunten die Blicke noch. Jeder wurde von der Liebe hingehalten. Blutspuren über dem glattgehobelten Tisch. Eine blutverschmierte Faust, eine Erinnerung an draußen, die auf dem

Tisch zu ruhen kam. Ihr Blut an seiner Hand. Sie blutete. Er hatte sich Lust angetrunken. Sie war von ihm wachgefickt worden. Vatertag.

Es war Sommer. Im Fernsehen Badehosen. In Pico Grande war es zu kalt fürs Wasser. Die schwarzen Schwäne kamen von Norden her. Man konnte sie abschießen und liegen lassen. Ein Sommervergnügen. Der Sommer, ein Handstreich des Himmels. Die Menschen lebten auf, wuchsen über sich hinaus. Die Festsitzenden wurden grün vor Hoffnung. Anfang Dezember dann die Rosenblüte. Die patagonische Rose, eine wilde, eine gelbe Erscheinung.

Kam ein Gast, wurde er herumgereicht so wie ich. Brach ein Puma ein, sah ihn außer dem Opfer niemand. Das nicht richtig abgenagte Bein, zum Zeichen, daß der Hunger nicht so groß war. Als aufrechte Gottheit war vor kurzem das Fernsehen eingezogen, thronte über den vollkommen verstummten Köpfen. Schwieg es einmal, dann wurde es zugedeckt wie zum Schlaf. Den ganzen Tag kamen Bilder aus Paris, aus Parfüm, mitten im Leben, mitten in der Wüste, Filme wie »Über den Dächern von Nizza«, »Der Stadtneurotiker« oder »Wie angle ich einen Millionär?«. In unmittelbarer Nähe zu ihrem Leben Gesichter, die sich für immer abwenden würden, Frauen, die sie nie zu Gesicht bekämen mitten in ihrem schäbigen Zimmer und lächeln auch noch. Sie sprechen mit mir.

Kaum hatten wir das Tal des Todes verlassen, schloß sie ihr Herz auf, sagte: die Liebe ist ein Glaube, der Berge nicht versetzt.

Ich atmete schwer, ich lebte.

IX.

Du bist aufs offene Meer hinausgetrieben worden. Die Freiheitsstatue wurde immer kleiner.

Auf dem Schiff konntest du ausruhen und atmen.

Das Geld für die Passage, auch das Kopfgeld, das bei der Einreise vorzuweisen war, hattest du in deinem geretteten Pelzmantel. Der erste Nachkriegswinter. Das alte Leben landunter und dein Glaube an Bord, daß ein Tag wie der andere sei, verflüchtigte sich bald wieder an Land.

Warum zitterst du?

Ein gutes Schiff! sagte einer deiner Matrosen, die dich hinübergeleiteten. Aber dann kam ein Sturm. Da sagte dein kaum verständlicher Matrose, um dich zu beruhigen (das Schiff arbeitete schwer im Wasser, es schaukelte auf den Wellen, du zittertest), sagte der Matrose mit der Angst im Gesicht: ein gutes Schiff. *The sea is closed by police, but this good ship!,* und er zeigte auf deine Füße, Galina, und auf den Boden, auf dem sie standen.

Du warst nicht die einzige, die ein Leben wie deines führen mußte. Es war so gut wie nichts, was du bei dir hattest, als du Ellis Island, die Einwandererinsel, betratest. Deine Sprache (Russisch), deine Sprachen spielten keine Rolle. Es war nicht die richtige darunter, du konntest kaum ein Wort Amerikanisch.

Für die Nacht wurde dir eine Pritsche zugewiesen. Vorher mußtest du dich unter der Aufsicht von zwei Braunbehosten duschen, zusammen mit allen Frauen, die nach Amerika wollten. Deine Habseligkeiten wurden dir abgenommen. Du solltest dir deine Nummer um den Hals hängen. Über Lautsprecher wurde dein Name aufgerufen. Du solltest dich zur Abholung in den Schlafsaal bereitstellen. Da waren etwa zweihundert Betten in dem Raum. Nachts blieb das Licht an. Das alles kam dir doch bekannt vor.

Hast du nicht die schönsten Jahre in einem Lager verbracht?

Am nächsten Tag begannen die Prüfungen. Der erste Versager wurde schon auf das Beiboot getrieben, das alle, die nicht nach Amerika paßten, auf das vor Anker liegende Schiff zurückbrachte.

Da hatte sich doch ein Aussätziger unter euch Einwanderer geschmuggelt. Er konnte die eine, die angefressene Hand notdürftig in einem langen Ärmel verschwinden lassen, aber auch die Nase war schon angefressen. Wie ein Clown war er zurechtgemacht, so wollte er angesehen sein. Eine weiße Salbe, die den Schmerz verdeckte, sollte Schminke vortäuschen. Keiner nahm ihm den Clown ab: ein Clown in Amerika? Woher der stammte? Pfui! hörtest du auf deutsch im Vorbeigehn. Mit was für einem Schiff war der gekommen? Selbst in der Masse der Männer (er stand auf der Männerseite) fiel diese Nase auf. Ekelerregende Krankheiten hatten keine Chance, an Land zu kommen. Jeder, der dich sah, wußte, daß für deine ekelerregende Krankheit kein Platz wäre in Amerika. Du kamst aus Portugal. Die Nase hast du dir in Afrika geholt. Seitdem blieb dir ein Leben im Hinterzimmer. Man ließ dich nur noch nachts ans Meer. Das war augenblicklich klar, jedem, der dich sah. Deine Geschichte war in wenigen Sätzen erzählt.

Doch dich, Galina, erwarteten große Tafeln aus Blech: *Willkommen in den Vereinigten Staaten von Amerika* (so lautete der vollständige Name des Landes über dem Meer). Trotz der Kriegsjahre warst du schön und etwas mollig geblieben, aber nicht schwindelfrei. Auch deine Geschichte in Amerika war vergleichsweise kurz. Du bekamst einen Besen in die Hand, Schläge, Tee aus Plastikbechern (die ersten Plastikbecher deines Lebens). Nach einer schrecklichen ersten Nacht zwischen diesen Einwanderern in Anstaltskleidung, die schon eine Runde weiter waren, die alles abgelegt hatten außer ihrem Körpergeruch, wurde dein Name erneut aufgerufen. Du hast dich nur an der Nummer erkannt, die aufleuchtete. Deinen Namen hast du nicht verstanden. Ein Komitee lächelnder Amerikaner solltest du überzeugen, daß die Staaten das richtige für dich wären. Jetzt waren sportliche Fähigkeiten angesagt, nach dem Glauben an Gott und Amerika die wichtigste Eigenschaft eines Menschen. Zuerst solltest du eine Reihe von Purzelbäumen, vorwärts und rückwärts, nach deiner Wahl vorführen. Du glaubtest an einen Scherz, schicktest dich dann aber doch an. Hinter dir standen schon mehrere Frauen im Trainingsanzug, die dicker waren als du und älter, alte Frauen, die den Krieg überlebt hatten und diese Sache nicht besser machen würden als du. Dann standest du vor den Hürden. Da war eine glatte Wand aus Plastik, die einen Meter hoch war und umfiel. Dein Sprung mißlang. Die Mauer fiel einfach um und begrub dich. Doch deinen Plan hattest du zu diesem Zeitpunkt immer noch nicht aufgegeben.

Nach einer kleinen Pause wurden die Pioniertugenden getestet. Da kam eine Braunbehoste mit einem Huhn herein, übergab es dir zusammen mit einem Messer und deutete durch Zeichen und Laute an, in einer Stunde wolle sie ein kochfertiges Suppenhuhn mitnehmen. Nach dieser Stunde konnte das Huhn an die nächste Kandidatin weitergereicht werden. Am meisten versagtest du auf der Leiter. Warum warst du nicht schwindelfrei? Ein dreißig Meter hohes Gerüst aus Eisen, das wie ein Galgen im Hof stand. Da hinauf mit dir, bis zur zweitobersten Sprosse! Schon auf der zehnten Stufe bliebst du hängen, kralltest dich fest und mußtest mit Gewalt heruntergeschafft werden wie eine Selbstmörderin, die auch noch den Verstand verloren hat. Das war das Ende.

Mit dem nächstmöglichen Schiff wurdest du aufs Meer hinausgeschafft. Eines Morgens (ich übergehe, daß du unterwegs in Seenot warst) erwachtest du im Hafen von Buenos Aires.

Du lerntest Spanisch. Die ersten Worte konntest du schon in Rußland. Nach drei Wochen hat man dir eine Gegend auf der Karte gezeigt, die du bis dahin nicht einmal dem Namen nach gekannt hattest. Dahin bist du gefahren, um dort den Rest deines Lebens zu verbringen. Einverstanden? Die Schafe beißen nicht, die Gauchos sprechen nicht; und es ist heiß und kalt, alles fast ganz wie zu Hause.

X.

Von Pico Grande aus machten wir uns nach Rio Mayo auf, das in der ganzen Gegend als das Ende der Welt galt. Das wußte ich schon aus den Briefen, in denen ich (ein Kindskopf) nach Sehenswürdigkeiten der Gegend gefragt hatte. Das Ende der Welt – gewiß nur eine Redensart, denn hinter Rio Mayo ging es noch weiter, da waren noch Berge, Kondore, Schnee, schließlich Wind und Wolken. Sie waren zusammen mit dem Wind schon da, als wir wegfuhren. Der Wind legt sich gegen Abend vielleicht, nicht so schön wie das Abendrot, aber beständiger. Weitertreiben, dachte ich, vom Mitmenschen zum Yeti, ein schönes Bett finden, im Schnee, von ihm sich wärmen lassen. Meine Cousinen, unser Himmel, seine Wolken. Die Straßenpiste, übertönt vom Kassettenrecorder und seinen wechselnden Kassetten, die alle auf die Liebe hinausliefen, ein milchgrüner See, ausgetrocknete und austrocknende Gerippe, Stunden um Stunden, dann schließlich das unspektakuläre Ziel, zuerst am Horizont, endlich – es mochte noch einmal eine Stunde vergangen sein —, aus nächster Nähe, die einzige Bar von Rio Mayo, zum Weinen.

Da – eine Dicke, der die zwei wichtigsten Zähne des Lebens fehlten, die sogenannten vorderen Schneidezähne, meine mitgereisten Frauen lachten. Schlimm sah es aus, aber nicht so gefährlich wie meinesgleichen mit seinem vollständigen Gebiß. Ein Teil ihrer Haare war auch verloren, der andere hing fettig und verstört in der Landschaft. Sie saß auf einem Eisenstuhl am Fenster, stierte von uns weg und zu uns her. Sie wußte, daß das mitgebrachte Gelächter ihr galt, wem sonst. Es war wohl nicht das erste Mal, sie wehrte sich nicht. Ich wollte in diesem Augenblick (das einzige Mal in meinem Leben) Zahnarzt sein, ein einfacher Zahnarzt, nichts als Zahnarzt, mit meinem Zahnbesteck zu ihr hingehen und sie bitten, den Mund zu öffnen. Während ich mit meinem Besteck und dem Spiegelchen, hätte sie mir ihr Leben – – – Doch das einzige, was ich tun konnte, war dagegen lächeln, das Gekicher meiner Cousinen unschädlich machen, verflüssigen, die Salzsäure neutralisieren …

War sie nur Gast in der Bar, die auch noch einen Namen hatte und *Las Plumas* hieß? Wir standen schon eine ganze Zeit an der Theke, die Dicke (mein Oberbegriff, ich hätte auch *die Fettige* oder *die Schneidezahnlose* oder *die Verlorene* sagen können, sagen müssen) saß auf dem Eisenstuhl, sonst nur Männer. Da trat durch einen Plastikvorhang diese Frau und errötete, als sie uns sah. Macht nichts, wir sind nur auf der Durchreise. Die Reisenden fragten nach Coca-Cola, um ihr das Leben nicht so schwer zu machen. *Cola gibt es nicht.* Am Ende der Welt verschlug es einer schönen Frau die Sprache, weil sie kein Coca-Cola im Haus hatte. Macht nichts, macht wirklich nichts. Sie wollte auf der Stelle tot umfallen, aber es ging nicht. Die Scham (darüber, daß ihr Leben so war, wie es war, ihre Selbsterkenntnis) schwappte in Wellen über den Raum hinweg und erreichte selbst noch die Dicke, von da die Unendlichkeit. Die Cousinen hatten längst ihr Gelächter eingestellt. Sie standen nur etwas künstlich auf ihren Stöckelschuhen, so, als ob sie zeigen müßten, wie es ist, wenn man von der Stadt aufs Land fährt.

Wozu also Mut zum Leben? Ich sah bald, daß sie jedesmal errötete, auch wenn nur ein Hund zur Schwingtür hereinkam. Kaffee, Bier und Ginger Ale – – – alles war möglich. Die Männer um sie herum waren alle schon in der Welt, beim Militär, im Provinzgefängnis. Ihnen fehlte alles, aber in der Welt waren sie schon und hatten jenen Vorsprung, der das arme Mädchen zum Erröten brachte, dachte ich. Sie muß hier bleiben, verblühen. Ihr Wandertrieb reicht von der Küche zum Bett. Dazwischen der Tag hinter der Theke und einer weiteren Schwingtür. Zwischen Schwingtüren. Fahren wir weiter?

Doch inzwischen hatte sie sich gefangen, hatte sich gefangen und uns nach dem Woher und dem Wohin gefragt. Aus Pico Grande – – – Ach, sie war noch nie in Pico Grande. Ihr größter Wunsch, von dem ich erfuhr, war, einmal im Leben nach Pico Grande zu kommen. Sie hatte von der Höhle gehört und den anderen Sehenswürdigkeiten, von denen ihre Lastwagenfahrer zurückkamen. Und dann, als die Cousinen schon hinausdrängten (sie wollten die Zeit nicht verschenken), wollte sie meine Hand haben. Sie wollte noch aus meiner Hand lesen. Gib ihr die Hand, was weiß sie schon von deiner Welt! Aber jetzt wollten plötzlich alle meine Cousinen aus der Hand gelesen haben und hatten beide Hände (sie wußten nicht, welche von beiden die rechte war) lesebereit auf die Theke gelegt, kaum daß die Wahrsagerin beim unvermeidlichen, von allen erwarteten Höhepunkt, der auch am Ende der Welt mit dem Wort *Amor* benannt war, angekommen schien. Was war mit der Liebe bei mir?

Die *Lebenslinien* waren bis hierher vorgedrungen. Um das Wort *glücklich* angesiedelte *Wörter,* war das alles? Rosa genügte es. Sie wollte nichts anderes hören. Die Liebe war ein Glaube, der Berge versetzte. Ich zog meine Hand zurück, unterbrach das Lesen. Ich lächelte, sie um Entschuldigung bittend.

Da war das Fenster zur Straße hin, von ihm her erhoffte sie Leben. Die Musik, die aufladbaren Batterien, die Lastwagenfahrer. Sie lächelte, als ob sie einen fehlenden Zahn verbergen wollte. Richtig zu lächeln hatte sie den Mut nicht, aber das wenige von ihr war so viel wie ein schöner Tag, wie eine Sonne, die über Lebenden und Toten aufging.

Der gewöhnliche Gast blieb zwanzig Minuten. Gäste auf der Durchreise so gut wie nie.

Wir sagten auf Wiedersehen und waren bald wieder unterwegs mit den Wolken.

Zwischen Gobernador Costa und Trevellin stand auf halbem Weg … Das Haus des Einsiedlers, den es zu meinen Zeiten noch gab, für ihn gebaut. Sein Leben als Zeichen Gottes für das gesamte spitz zulaufende Patagonien. Da saß er nun und war ein Zeichen. Zweimal in der Woche kam der Fleischwagen und brachte nur noch ein paar Flaschen Wein, Korbflaschen. Nie hatte eines der vorbeifahrenden Fahrzeuge den Einsiedler zu Gesicht bekommen. Immer wieder verschwand der Wein und alles, was geliefert wurde, in diesem Haus. Er ließ sich die Sachen in einer Schleuse abstellen. Auf einem Zettel stand, was er diesmal begehrte, und das Geld lag an seinem Platz daneben. Das Geld kam wohl von fernen Gläubigen, die das gute Werk unterstützten. Er lebte als Missionar hier. Zum Zeichen, daß er sich Gott ganz geopfert hatte, tat er wohl gar nichts mehr. Seine Missionsaufgabe gipfelte im Verzicht auf alles, auch auf die Arbeit. Er hielt sich den ganzen Tag für Gott frei, nur zwischendurch wurde etwas gegessen, getrunken und geschlafen und was sonst zum Leben gehört. Vor dem Haus, direkt an der Straße, standen eines Tages zwei große, blutende, ineinander verschlungene Herzen aus Plastik, die nachts von innen her leuchteten, blutrot und rosarot, zum Zeichen, daß die Liebe Gottes auch hier ihr Zelt aufgeschlagen hatte. Wußte der Herz-Jesu-Missionar denn nicht, daß diese beleuchteten Herzen hier unten in Argentinien alles bedeuteten? Er hatte mit allem aufgehört, sogar mit dem Lesen und dem Gebet und mit der Heiligen Schrift, um sich ganz seinem Gott offenzuhalten. Manchmal wurde er nachts von einem Lastwagenfahrer geweckt, der die Herzen miteinander verwechselte. Er öffnete aber nicht.

Dann wieder die hingefleckten Siedlungen mit ihrem

Blut, den Menschen aus Blut, von der Straße aus, die Etappenziele mit ihrer roten Vergangenheit. Ein nicht identifizierbarer Gedenkstein, der in der Mitte eines Ossariums stand. Zuletzt ging die Straße in eine Fährte über, dann waren wir wieder in der Ebene des Rio Pico. Es folgte ein Essen mit viel Weißwein und die Erinnerung an das Beinhaus. Ehrte es die Toten, daß sie tot waren? Der letzte Überfall der Indianer (in die Annalen der Sieger als Schlacht eingegangen) hatte die Errichtung des Beinhauses und daneben und darüber die endgültige Aufrichtung des Heiligen Kreuzes zur Folge. Danach mucksten sie nicht mehr. Das Kreuz bedeutete für alle den sicheren Tod, auch für den Tod selbst, der durch das Kreuz für immer besiegt sein würde, wie damals mein fester Glaube war. *Tod, wo ist dein Stachel?* Die Gebeine der Indianer waren spurlos verschwunden wie die Indianer selbst. Kein einziger Indianerknochen lag im Beinhaus, nur in jenem letzten Gemetzel umgekommene Sieger, das heißt deren Knochen. Der Ort war traurig, namentlich das Gebeinhaus von innen, wo es außer einer Wand aufeinandergeschichteter, längst ausgebeinter Schädel nichts zu sehen gab. Sie waren geschützt vor der Nachwelt, damit nicht doch noch irgendwann ein Indianer aus dem Urwald gerannt kam. Ein grobschlächtiges Gitter verschaffte den Köpfen dahinter eine relative Sicherheit.

Das Beinhaus, die Nonnen im Windschatten des Beinhauses, ein kleines Gotteshaus. Ein über die Kapelle verstreuter Haufen von Nonnen sang ein brüchiges, windschiefes Ave Maria vor sich hin, das von frommen Nachkommen gottesfürchtiger und siegreicher Soldaten bis zum heutigen Tag bezahlt wurde. Der Himmel schwebte derweil über dem Abgrund. Meine Seele … meine Todesstunde.

XI.

Whisky? – – – Fritz hatte genausoviel gelesen wie meine Hauptfigur aus dem *Nachsommer*, die aus allem etwas zu machen wußte. Mein Risach verstand alles und half dem jungen Heinrich in allem.

Als ich auf Fritz stieß, las er gerade *Gott im Krieg*, das Buch des preußischen Pastors Remberti aus dem Ersten Weltkrieg. Er hatte die aktualisierte Ausgabe, die ohne viele Änderungen rechtzeitig zum Beginn des *Unternehmens Barbarossa* erschienen war. Das war 1941!, ließ er mich wissen. Er haßte das Buch, aber er mußte es lesen.

Heinrich saß an jenen herrlichen Nachsommernachmittagen und wurde über alles belehrt, bekam alles in einer großartigen Weise von seinem Alten gesagt, wie es sich mit den Gewittern verhielt, mit den Rosen, mit den Nutzgärten, peruanischen Kakteen, Singvögeln, der Kunst des Zitherspiels, und wie es sein soll und ist. Ich aber saß genau so alt wie Heinrich einem Alten gegenüber, der genau so alt wie der Freiherr von Risach war und ebenso viel wußte.

Fritz war vielleicht schon etwas verrückt, kein Wunder, ein Schicksal, das dem alten Risach zweifellos immer drohte und eingetroffen wäre, hätte er nur etwas länger gelebt. Schon seine Erzählung vom Jesuiten und dem Haifisch hatte Fritz aufleben lassen. Parabeln des Lebens: seine Geschichten ließen ihn aufleben. Jetzt folgte *Gott im Krieg*. Nachher wußte ich nicht mehr, was mit Gott im Krieg war, ob vom Pastor oder dem alten Fritz oder von wem sonst. Es war wie damals, als die Israeliten gegen den großen Pharao allein mit ihrem Gott waren. Da war niemand sonst, der sie herausführte oder auch herauszog. Moses kommandierte. Hinter ihm stand sein Gott mit dem großen Gewehr, und sie folgten. Die Bestie von Pharao wollte das kleine Volk nicht herausrücken. Aber Fritz war jetzt mit *Gott im Krieg* zum zweiten Mal auf Seite 370. Ein schreckliches Buch, gewiß, sagte er an seinen klaren Tagen, aber nachher wußte ich nicht mehr, wer und wer alles gesprochen hatte, Gott im Krieg, der Pastor, Fritz in der Wüste, nun schon länger als die vierzig Jahre der Israeliten. So kam der Marschbefehl von oben. Keiner wußte, wohin es gehen würde. Es folgten vierzig Jahre in der Wüste! Fritz schnappte nach Luft. Das Untier von Pharao hat sie verfolgt. Dieser böse Trottel, wußte er nicht, daß er unseren Gott zum Feinde hatte? Wußte dieser miese Speckwürfel nicht, daß gegen unseren Gott kein Sieg zu erringen ist? Unser Gott, Gott der Heerscharen, saß mitten im Himmel, riesige Heereskontingente um ihn herum, alle Gattungen. Nach der luziferischen Palastrevolte hat er aufräumen lassen. Einmal hat Sabaoth geschlafen, aber dann wieder die himmlische Ruhe. Eine Präsenz von Erzengeln, Kommodores und Flügeladjutanten wird in alle Ewigkeit jeden weiteren Abfall ersticken, meinte Remberti. Michael, der Patron der Deutschen, wurde mit Luzifer fertig, das wissen Sie. Zum Lohn dafür hat er jetzt das Kommando im Himmel. Ein eifersüchtiger Gabriel muß seither im Außendienst Engel spielen, Botschaften von oben nach unten fliegen und umgekehrt, das wissen Sie alles. Remberti sagt, daß unsere Soldaten gerade Kiew erobert haben und manch wundertätige Ikone zurückbringen. Sie wird jetzt restauriert, denn das Kerzenwachs hat manches Heiligenbild fast ruiniert. Aber wie ging es im Himmel weiter? Und in der Wüste? Da trieb der Pharao Israel gegen das Rote Meer, um alle darin zu ersäufen. Aber das ließ der Allmächtige nicht zu, weil er später noch ganz anderes mit seinem Volk vorhatte! Unsere kleinen Helden haben damals gesiegt. Moses hat die eine Hand über sie gehalten, mit der anderen schlug er jeden Ägypterkopf, der sich näherte, in den Wüstensand, wo er noch etwas davonkullerte und dann liegen blieb: Gott im Krieg. Die Gebetskommandos *Alle Mann beten* werden strikt befolgt. Von oben her verschiebt sich die Kampfeslinie plötzlich (ein Wort, das es bei Goethe nicht gibt, ließ mich Fritz nebenbei wissen). Der Pharao stutzt, das Rote Meer teilt sich. Zwei riesige Wände aus Meerwasser, aber in der Mitte Platz genug für einen freien Durchgang der Mannschaft Richtung Sinai. *Da hinein mit euch!* befiehlt Moses. Die Israeliten wollen nicht. Er muß mit Hochverrat drohen. Bueno, kann man verstehen. Und dann dieser Gehorsam! Der Pharao, der das ganze Spiel aus sicherem Abstand verfolgt, lacht sich halb kaputt. Er lehnt sich zurück und heißt seinen Hofschreiber, er solle das Spektakel für das Archiv in Memphis festhalten. Dort solle man den Unsinn nachlesen können, verstehen Sie. Aber es kommt anders. Was hier geschah, ist nicht in einem staubigen Archiv gelandet, sondern in der Heiligen Schrift, bitteschön! Was weiter geschah, kann jeder nachlesen. Auf dem Grund des Roten Meeres, mußten sie sich noch das ägyptische Gelächter mitanhören. Moses, blind von Glauben, stürzt sich als erster in diesen unheimlichen Schlitz. Und nicht umsonst. Es war ja nur Taktik von oben, den Ägypter in eine Falle zu locken. Nur möglich, weil man unten blind gehorchte. Und was lernen wir daraus? Alle Mann sind nun bereit, sich radikal zu opfern. Und dieser Idiot durchschaute den Schachzug nicht. Jetzt erst recht! Da hinein mit ihnen! Aber das Untier vom Nil verstand nichts vom richtigen Krieg. Wußte dieser Trottel nicht, daß ein Heer zu Wasser nichts verloren hat? Der Pharao hatte ja nicht einmal eine Flotte. Israel auch nicht. Aber dafür hatte es seinen Gott, bitteschön! Pastor Remberti schildert nun sehr schön, wie der Pharao den Kopf verliert, wie sein Pferd ausschlägt und sich sträubt, weil er es mit vollen Sporen hinterhertreibt. Eine ganz unglückliche Figur macht dieser Pharao. Aber das Schönste kommt jetzt, und oft habe ich mich daran berauscht, schreibt Pastor Remberti. Moses folgt nicht den Trugbildern der Wüste, keiner Fata Morgana. Er hört nur und tut, was von oben kommt. Er soll so lange im Wasser bleiben, bis der letzte Ägypter, allen voran der Pharao mit seiner Gürtelrose, auf dem Grund des Meeres steht. Armer Pharao! Und jetzt Klappe zu! Und jetzt ersauf in deinem Roten Meer, Belial! Fritz schnappt nach Luft, blickt verstört zu mir herüber. Unsere Soldaten standen an dieser Stelle von *Gott im Krieg* vor Stalingrad. Der Pharao war tot. Fritz müde. Moses aber erreichte trockenen Fußes die Grenzen des Gelobten Landes, das er ja nie betreten hat. Fritz nickte ein, ich ließ ihn etwas bei sich, und schon erwachte er wieder. Er hat sich sogar die Stelle gemerkt, an der er müde geworden war, die Stelle im Meer. Vierzig Jahre in der Wüste. Was heißt das schon? Gelegentlich muß ein Schaf geopfert werden, das Blut fließt in den Wüstensand, dann geht es weiter. Eine unübersehbare Übermacht an Feinden. Es schießt von allen Seiten. Die Sonne blendet dich. Nachts die Kälte. Du kannst nicht schlafen, weil dein Feind in deiner Nähe hockt und mit seinem groben Eisen nur auf dich wartet. Am Ende bist du deinem Feind vielleicht ganz nah. Du mußt ihm in die Augen sehen. Dann bete – ein Stoßgebet – und schlag zu, sagt Remberti an einer entscheidenden Stelle, sagt Fritz. Sein Gesicht war der Schauplatz einer universalen Kriegsgeschichte, während er davon nur erzählte. Fing er an zu weinen? Nach einer Pause setzt er seinen Kampf fort. Unverdient kannst du dir den Himmel verdienen, du sündiges Stück Mensch! schreibt Remberti. Und was kam dann? Dann zogen sie weiter. Von Fall zu Fall eine Seuche, ein Geschwür und Blasen. Aber der verstockte Pharao glaubte Gott zu sein und ließ sich mit *Gott* anreden.

Ein paar dürftige Mumien, die die Gänge des Louvre füllen, beweisen, daß der Pharao für immer tot ist. Nur die Krokodile haben überlebt und beißen wie immer. Damals saß Frau Pharao auf einem kleinen Hocker hinter dem Thron, Frau Gott, unsichtbar, und flüsterte ihrem Gott ein, was er tun solle: die Zähne zeigen. Der verweichlichte Pharao saß indes untätig auf seinem Thron und spielte mit seinen Fingerringen. Er hätte nichts unternommen, wenn er nicht durch das Machtwort der Pharaonessa aufgeschreckt worden wäre. Sofort ließ er sich seinen Stab bringen und eilte von der Thronhalle zum Huldigungsfenster. Doch draußen sah er nichts als ein paar Karawanen, die mit ihren Kamelen vorbeizogen. Dann ließ er sich in die Hofkanzlei tragen. Der diensthabende Oberpriester lag schlafend neben seinem Knaben. Der Pharao erzürnte so, daß er den Schweinepriester auf der Stelle, noch im Bett, köpfen ließ. Den Kleinen ließ er für eine spätere Verwendung beiseite schaffen. Aber jetzt! Der Pharao war ja nur dazu da, damit einer da war, der den Moses verfolgen konnte, da war er, um im Meer zu ersaufen, damit Moses seinen ersten Psalm dichten konnte: *Der Herr ist ein Krieger. Sein Name ist Gott. Pharaos Wagen und seine Streitmacht warf er ins Meer.* Er war ja nur ein Vorläufer des Judas, meint Fritz. *Ich teile die Beute, ich stille die Gier.* Kennen Sie die Bibel? fragt er mich. So landeten wir bei der Liebe. Die Liebe ist alles, sagt Paulus. Aber liegt sie mit einem Lustknaben im Bett? Was ist die Liebe? Eine größere Liebe hat niemand als der, der sein Leben hingibt für seine Schafe und umgekehrt. So, jetzt gehen wir noch in den Garten.

XII.

Rosa zuliebe erinnerte ich mich an ein Unternehmen, an dem ich seiner Größe wegen schließlich auch scheiterte: Es war die Bekehrung Mao Tse Tungs. Was wäre schwieriger (aber auch großartiger) als die Bekehrung eines Politikers? An dieser Stelle fing meine Maul- und Klauenseuche wieder an zu brennen, die Erinnerung aus meinem hohlen Bauch, mein nie gestillter Hunger, die Angst vor dem Licht der Welt, vor dem Tag- und Nachtlicht, vor dem dunklen und hellen Licht. *Libera me de ore Leonis, rette mich vor dem Maul des Löwen, dem Löwenmaul* betete ich an Stelle von Mao Tse Tung, stellvertretend *libera me* betete ich. Meine kleinen, durchbeteten Nächte, Rosa! Sein Schutzengel lag schon ganz unten, war am Ersticken. Seine Seele, eine Flamme, war am Verglimmen, eine verdunkelnde Seele kurz vor dem Ende.

An dieser Stelle setzte mein Rettungswerk ein.

Ich mußte mich mit seinem Schutzengel verbünden, ein telepathisches Bündnis, gewiß, aber das einzig mögliche. Schon machten sich Mächte und Gewalten über die Schutzengel wie über die Anwesenheit einer wirkungslosen Schutzmacht lustig. Das schwarze Element hatte es beinahe geschafft und hatte alles Lichthafte aus Maos Seele hinausgedrängt. So wenigstens dachte ich damals. Von dramatischen Erzählungen einer Klosterschwester angestachelt, die Welt zu retten, von ihr angetrieben, die *Welt*, die doch verloren war, diese Welt – – – aber die Redemptoristennonne verlangte dennoch eine Bekehrung von ihr.

Eine ganz vertrottelte Erscheinung. Sie war meine erste Muse. Diese siebzigjährige Nonne war damals meine Erzieherin und geistige Führerin. Sie war vertrottelt, gewiß, aber ich glaubte ja an die Macht der Einfalt. Der Satz von der geistigen Armut hatte sich dermaßen in mich hineingefressen, daß ich ihn schließlich auf meine Nonne übertrug. Je einfältiger sie daherredete, desto mehr glaubte ich ihr. Je dümmer sie in die Welt blickte, desto weiser und weltklüger wurde sie von mir angesehen und erachtet. Diese Person hatte Macht über mich. Sie kannte nichts von der Welt, aber sie kannte mich und stiftete mich zu einer Rettungstat an. Auf Mao kam ich selbst, ich entfaltete ihr meinen Plan, und sie gab mir auch gleich ihren Segen.

Ich hatte sein Bild gesehen, die olivgrüne Mütze, den roten Stern, das satanische Gegenzeichen meines heiligen Kreuzes. Ich hatte gesehen, wie er mit der Mao-Bibel vom Platz des Himmlischen Friedens herunterwinkte und lästerte. Die erste Stufe meines Heilsplans war die Beschaffung der Mao-Bibel. Lesen konnte ich schon, aber in einer Buchhandlung war ich nie gewesen. Das Unternehmen mußte geheim sein und bleiben, eine versteckte Aktion nach allen Seiten hin. Ich konnte nicht einfach nach M. fahren, wo es in einem Geschäft neben Eiskrem und Zeitungen auch Bücher zu kaufen gab. Mit dem Schienenbus erreichte ich die Universitätsstadt K., unerkannt und unbeobachtet, um die Mao-Bibel zu kaufen. Und dann sollte ich Rosa *Universitätsstadt* erklären! Studieren, Bücher lesen, viel Sex ... *Mit dem Schienenbus,* meinem Pferd, verstehst du. Währenddessen betete ich den Rosenkranz. Mein Heilsprogramm war ja von einem ausgeklügelten, von der Nonne abgesegneten Gebets- und Fastenzyklus begleitet, ich verschwieg Rosa die heute auch mir unverständlichen Einzelheiten. Im Schienenbus betete ich jedenfalls den Rosenkranz. Die bösen Elemente mußten untengehalten werden, dazu gab es den Rosenkranz, der mich auf dieser nach dem Prinzip der Wallfahrt organisierten Reise nach K. begleitete. Nicht erst von meiner Nonne und anderen geistlichen Leithammeln angestachelt, war ich früh, wahrscheinlich vor dem ersten Erscheinen meiner Erinnerung, in diese *via regia* des Gebets eingewiesen worden. Ich betete abwechselnd den *Freudenreichen*, den *Glorreichen* und den *Schmerzensreichen*, der als König der Rosenkränze gilt. Einen Rosenkranz, still vor mich hingeleiert, schaffte ich in fünfzehn Minuten. Es war nicht verboten, dabei zum Fenster hinauszuschauen, der Rosenkranz war auch so gültig, nach katholischem Weltbild, dessen Opfer ich war.

Man sagt doch beim Baby »füttern« wie bei Tieren? warf Rosa ein. *Fittern* sagte sie, das war der Akzent ihres Vaters. Ich besann mich auf *füttern*. Erinnerte mich an keine einzige meiner Fütterungen. Ich muß doch gefüttert worden sein, gewaschen, gewickelt – nicht die Spur einer Erinnerung. Warum habe ich mein Leben vergessen? Füttern, das Kind füttern, gefüttert werden mit Kreuzzeichen, ersten Kindergebeten, Weihwasser. Windeln wechseln, Erbsünden abwaschen, taufen. Füttern, das Kind füttern, die Schweine.

Der gültig gebetete Schmerzhafte Rosenkranz war eine Sache von fünfzehn Minuten, die Arme Seelen aus dem Fegefeuer zog, an diesem Gebetsseil herauszog, so dick wie das Seil, an dem ich hing, dem Glockenseil. Die Kirchenglocken hatten Macht über mich, zogen mich vom Boden weg in die Höhe, zogen mich vom Boden unter den Füßen weg. Das alles ist nur eine Erinnerung, Rosa.

Bei *Gloria Patri* verneigte ich mich tief, kniete auf den Schienenbusgang, gleichgültig, was *die Welt* an diesem Tag von mir denken mochte, die Welt draußen, die Berufsschüler, die mit ihrem Gelächter in eine andere Richtung fuhren als ich. Ich sah die Welt, wie sie über mich lachte, aber das gehörte zum Heilsplan, der besagte, daß der Gerechte viel leiden muß. War ich nicht gerettet, hatte mich mein Engel nicht aus der Welt, dem Schmutz, dem Meer herausgefischt? Ein Kind sollte die Welt retten. Wer war mehr Kind als ich? Ich hatte mich längst in meinen Glauben hineingefressen, Rosa. In einer Vision sah ich mich schon auf dem Platz des Himmlischen Friedens, Mao mit der Taufkerze neben mir, ich als sein Pate die Taufformel sprechend, ich, fragend: Widersagst du dem Satan? Er antwortend: Ich widersage, mitten in China, alles auf chinesisch. Und dann in Rom mein Triumph: ich hätte vor den Heiligen Vater hinfallen und ihm die Füße küssen dürfen, zum Beweis, daß Gott durch mich Großes getan hatte. Mit dem Schmerzhaften Rosenkranz ging ich auf die Stadtmitte zu, den Schatten, über den ich springen mußte. An schauerlichen Läden vorbei, mit mir nie zu Gesicht gekommenen Nebenräumen und Hinterzimmern, an denen zur Straße hin *Ehehygiene* stand. Ehehygiene, verstehst du? Es war ein unaussprechliches Wort für Rosa.

Es war völlig ungewiß, ob ich die Mao-Bibel bekommen würde. Die nächstbeste Buchhandlung, die ich betrat, hatte sie nicht, das heißt, ich, gefragt, was ich wünschte, konnte nur *das Konradsblatt* aus mir herausstottern. Du bist immer noch derselbe! sagte Luz zu mir, Tante Luz, ich nannte sie auch nach Jahrzehnten noch Tante, sie war nur Flüchtling in unserem Haus und hat mich damals gefüttert - sagt sie -, ich vergaß es. Du hast dich überhaupt nicht verändert! Dann ging ich weiter, das magere Konradsblatt bei mir, auf der Zunge Bibelstellen, *Vitamine,* die mich weitertrugen. *Wer nicht für mich ist, ist gegen mich* – oder, als ich zu straucheln drohte: *Der Herr ist mein Licht und mein Heil: vor wem sollte ich mich fürchten!* sagte ich trotzig und unhörbar vor mich hin. Denn vor mir lag die Aufgabe, in irgendeinem Regal die Mao-Bibel zu entdekken und zu entwenden, denn ich durfte kein Geld für Satan ausgeben, das war mir durch innere Stimmen aufgetragen worden, aber ich mußte einen Einblick in die Gewalt des Bösen gewinnen, Rosa.

Es war also in dem mir befohlenen Erlösungswerk so vorgesehen, daß ich erst einmal die Gesetze dieser Welt durchbrechen mußte. Die Mao-Bibel! Da entdeckte ich sie, ihn, Satan, schwarz und rot. Ich schob sie in mein Konradsblatt, *Der Herr ist mein Licht und mein Heil!* vor mich hinflüsternd. Mein Glaube machte alles leicht, aber *du hast dich überhaupt nicht verändert!,* wie Tante Luz sagte. Denn ich färbte mich rot, mein Ich einer früheren Auflage färbte sich rot, rot beim geringsten Wind, fein eingestelltes Ich, mit empfindlichsten Reaktionen auf *die Welt.* Der Kopf füllte sich mit meinem Blut gegen sie. Mein Glaube, aberwitziger Glaube, machte das Krumme gerade, das Schwere leicht. Ich hatte Sätze gegen die Welt bei mir. Aber mein Glaube, ein Glaube, der Berge versetzte, half nichts. Es war ein Glaube, der Berge nicht versetzte, und als ich später einmal nach Peking kam (*ich reise viel,* gab ich Rosa zu verstehen), konnte ich das Mausoleum, das meinen wiederholt gescheiterten, dann aufgegebenen Heilsplan enthielt, ihn barg, besichtigen. Mao lag in einem Glassarg. Ich hätte weinen können. Dies alles auf dem Platz des Himmlischen Friedens, einen Tag bevor ich zum ersten Mal die Chinesische Mauer bestieg. Mao lag einbalsamiert, ungefähr so wie die heilige Maria Goretti in ihrem Glassarg, die ich auf meiner ersten Wallfahrt gesehen und die mich an Schneewittchen erinnert hatte, und andere, deutlich sichtbare Heilige, deren Namen ich vergessen habe. Während Mao im Glassarg lag, war seine Witwe gerade zur Todesstrafe auf Bewährung verurteilt worden, eine Verurteilungsart, die der grausame Osten noch kennt.

Um ihn zu retten – – – Mein Rettungsversuch forderte von mir, daß ich das Gesetz doppelt durchbrach. Immerhin war ich schon fünfzehn und hätte nach den Gesetzen dieser Welt verurteilt werden können: Diebstahl in einem einfachen Fall (der im Grunde höchst kompliziert war). Und dann noch das Entscheidende: Ich hatte gegen den Heiligen Vater verstoßen und war dabei, die Mao-Bibel zu lesen, ein Werk, das auf dem Index stand. Die Mao-Bibel war, wie schon der Titel sagte, ein böses Gegenstück, ein satanisches Machwerk, das zu meiner Zeit in eine äußerste Konkurrenz mit meinem Wort Gottes trat. In einen Endkampf. Bedrohliche Zahlen waren mir zu Gesicht gekommen. In der Zeitung hatte gestanden, daß die Mao-Bibel die bis dahin führenden Bücher, die Bibel und Onkel Toms Hütte, bald überrundet haben würde.

Ein Kind mußte die Welt retten, das Kind war ich. Warum nicht mit einem Paradox beginnen, das *ich* hieß?

Ich war kein *richtiges* Kind mehr, wollte aber das Kind, das auch schon *ich* geheißen und *ich* gesagt hatte, nicht verlassen. Haare waren es, nichts als Haare, die schließlich mein erstes Leben beendeten.

Aber auch Swjetlana Allelujewa, die Tochter des von meiner geistlichen Führerin und Päpstin als Gegenstück zum papsttreuen Hitler aufgebauten Stalin, hatte sich bekehrt und flüchtete zum Heiligen Vater. So mußte sich auch Mao bekehren, und zwar durch mein Beten und Arbeiten.

Nächstes Jahr werde ich achtzehn, aber vielleicht komme ich schon dieses Jahr durch die Schleusen. Ich wollte FLESH sehen. FLESH lief im Kino. Ich erklärte Rosa den Film, erzählte ihr kurz die Handlung, die in einem Arsch gipfelte, den man (und sonst nichts) eine Viertelstunde lang besichtigen konnte. Deswegen die ganze im Film gezeigte Geschichte eines so gut wie Stummen, dessen Arsch sein ganzes Kapital war. Die Bekehrung Maos lag hinter mir.

Doch die Geschichte hatte ihr Nachspiel. Der Griff ins Regal verfolgte mich. Die *Papiertiger* des großen Vorsitzenden ließen mir keine Ruhe. Ich mußte wiederholt mein *Mae phobu!* (»Fürchte dich nicht!«) gegen sie schleudern. Nun hörte ich mein Herz ganz nah bei mir, mein Herz schlug im Kopf, der das Zentrum meines Unglücks barg, den Gedanken, daß ich sterblich bin, über den ich nie hinauskam.

Die Mottenkugeln, deren Besorgung meine Reise in die Universitätsstadt nach außen hin rechtfertigen sollten, gab es nicht. Mottenkugeln konnte ich nicht auftreiben. Es hatte keinen Zweck, Rosa auch noch zu erklären, was es mit Mottenkugeln auf sich hatte. Sie war schon mit Maul- und Klauenseuche überfordert, rein sprachlich.

Du warst dazu berechtigt! flößte mir mein Engel ein. Ich verließ die Buchhandlung mit meinem blutroten Gesicht.

Zu Hause schloß ich mich ein, die Mao-Bibel in mich hineinzufressen.

Jetzt singt er auch noch! hörte ich im Schienenbus auf der Rückreise. Ich hatte das *festina!* (Gott, eile, mir zu helfen!) vor mich hinprosodiert. Meine oralen Automatismen, meine Grimassen waren Gebete. *Rette mich! Libera me!* betete ich stellvertretend für Mao Tse Tung.

Hat der einen Sonnenstich?

Ich ertrug alles, wie es mir aufgetragen war, Rosa. Schmerz, mein Schmerz. Schwester meiner Erinnerung.

XIII.

Zum Geburtstag bekam er eine schöne, kugelsichere Weste geschenkt, erzählte mir Meier, der Fahrer. Erzählte er mir unentwegt *dieses und jenes,* auf dem Weg nach Bariloche de los Andes, wo das Fußballänderspiel Deutschland–Argentinien stattfand. Der reinste Zufall, daß mein Aufenthalt mit diesem *wichtigen* Spiel, wie Meier es bezeichnete, zusammenfiel. Schon im Flugzeug waren mir sogenannte Schlachtenbummler aufgefallen. Gut, ich wollte Fritz die Freude machen und fuhr mit. Auch deswegen, weil ich unterwegs all jene Tiere zu sehen hoffte, von denen ich bisher nur gehört hatte, die schwarzen Schwäne vor allem und die Flamingos in der Lagune von Sarmiento. Daß für Meier alles umsonst war (Fritz bezahlte), beschwingte Meier dermaßen, daß er glaubte, uns dafür auch noch unterhalten zu müssen mit seinen an Haaren herbeigezogenen Sätzen über das Befinden von Malta, den idiotischen Tod von Luba (er hatte sich mit einem Feuerlöscher das Leben genommen), über das vermutete Heimweh der Doctora nach Rußland (tatsächlich stammte sie aus der Ukraine) und die Ehe im allgemeinen.

Im Verlauf dieser sechs Stunden in seinem (Doctoras) Falcon (einem in Argentinien produzierten und in Europa völlig unbekannten Wagen, auf den Meier sehr stolz war) mehrere anzügliche Bemerkungen, Witze, die wir nicht hören wollten, die jeweils in seinem Glaubensbekenntnis mündeten: Scheiße schwimmt oben. Wir lachten, gequält. So wie einer, der lachen muß, dessen natürlicher Lachvorrat schon erschöpft ist, lachte ich.

Unberufen und zufällig wurde ich mit dem Sinn des Universums, meinem Sternzeichen, den Prognosen hinsichtlich des Sommers und mit dem wahrscheinlichen Verlauf und Ende des Fußballspiels konfrontiert; sowie mit dem Eindruck, den die letzte Südamerikareise des Papstes auf ihn gemacht hatte.

Auch über das Essen, die Vorzüge der patagonischen Küche allen anderen Küchen gegenüber, die er freilich nur vom Hörensagen her kannte. Meier bewies nun mit Händen und Mienenspiel, daß speziell die Küche von Pico Grande so reich sei, weil sie die Vorzüge aller europäischen, dazu der amerikanischen und der bodenständigen Indianerküche in sich vereinige. Ein Argument, das ich auch schon in den Vereinigten Staaten von Amerika in bezug auf die dortige Küche gehört hatte; und zwar wiederholt. Die Indianerküche ... Früher sei der Asado allerdings noch um ein paar Brocken Menschenfleisch angereichert, verfeinert worden. Das schmecke heute niemandem mehr, und er erwartete von mir abermals ein kurzes, anerkennendes Auflachen. Ich hatte ganz andere Erfahrungen gemacht, was die Küche von Pico Grande anging. Mag sein, daß sie einmal gut war, die Indianerküche, eine Nomadenküche bei nie ausgehendem Feuer unter offenem Himmel (daher Feuerland), aber das Fleisch wurde doch roh gegessen oder verschlungen. Es gibt davon keinen Film. *Ich* photographierte alles: namentlich die Asados und Grillfeuer, und die diversen Verwandten mit dem Stück Hammel in der Hand mir zu Ehren sind reich dokumentiert. Mich erinnerten diese Photos von fleischfressenden Schlünden aus Fleisch, das von meinem Fleisch war, an Buddha, den ja schon der Anblick einer schlafenden (wohl auch schnarchenden) Frau dermaßen schreckte, daß er für immer für diese Welt verloren war. Meine Photos von den Fleischabenden mir zu Ehren schreckten die zu Hause gebliebene Verwandtschaft, eine weitverzweigte Familie, aus der schon einige Vegetarier hervorgegangen sind, so sehr, daß etwa einer dieser neuen Menschen während meines Dia-Abends mitten in eine Sequenz von Grillphotos *Das sind ja die reinsten Fleischfresser* hineinschrie, er sei froh, von diesen Verwandten möglichst weit weg zu wohnen. Vielleicht hatten ihn auch die Gesichter selbst geschreckt, die jungen wie die alten, Rosas Gesichtsausdruck beim Wenden des Fleisches von der gegrillten auf die rohe Seite mit der eigenen Hand. Dabei hatte er niemals ihre Stimme hören müssen, wie sie *carne* oder *sangue* sagte. Ich kehre zu meinen Erfahrungen mit dem einheimischen Fleisch, dem Essen von Pico Grande zurück und erinnere mich an zwei ausgefallene Zähne, die mir als Spätfolge einer falschen Ernährung in Pico Grande, wie ich vermute, einfach aus meinem Unterkiefer herausbrachen. Während ich den einen verschluckte, blieb mir der andere erhalten: Er liegt in meiner Schreibtischschublade neben Bleistiften, Kugelschreibern und Radiergummis und soll mich daran erinnern, daß mir etwas fehlt, daß ich ein Loch im Kopf habe. Schon nach drei Wochen in Pico Grande konnte ich mich nicht mehr aufrecht aufs Pferd setzen, mein Pferd, das ich gleich nach dem ersten Ausritt *Argentino* getauft hatte. Gemüse gab es gar nicht, alle Vitamine fehlten. Man lebte von Fleisch, Blut und Rotwein.

Nun gut, Meier war auch längst bei den Problemen der Überbevölkerung und beim damals bevorstehenden Malvinaskrieg, bei der Jungfrauengeburt und beim Tod auf Verlangen. Künstliche Hüftgelenke wurden in Buenos Aires schon jahrelang eingebaut, sagte er mir, zur Auflockerung der Nachrichten aus aller Welt. Auch die künstliche Befruchtung, der allergische Schnupfen und die Entdekkung des Ozonlochs waren schon zu Meier vorgedrungen – – – was eben so gesprochen wird unterwegs.

Der Regen draußen und die Geräusche des Scheibenwischers beanspruchten mich ebenfalls. Man sah zwar so gut wie gar nichts mehr, aber wir fuhren ohne Irritation weiter Richtung Norden. Während seiner Ausführungen saß Meier in einer Haltung am Steuer, die verriet, wie sehr er in Fahrt war, wie sehr ihn alles beflügelte. Die Körperhaltung eines kleinen Mannes, der sich nach oben ausstreckt, in die Regionen seines leicht gepuderten argentinischen Weltbildes. Zu allem kamen seine schwarz-weißen Lackschuhe, mit denen er die unteren Armaturen in aller Eleganz bediente. Auch sein Spanisch kam mir sehr gewählt vor. Jedenfalls ließ er Worte fallen, die ich vor Ort nie gehört hatte. Vielleicht sprach er etwas gekünstelt, mag sein. Er fühlte sich, glaube ich, mir gegenüber nicht nur als Repräsentant Argentiniens, sondern auch des männlichen Geschlechts. Er war *außerdem* ein begeisterter Anhänger seiner Mannschaft (vergaß welche), vom Fußball an sich, von gutem Essen, der Frauen und vom Wein, des Freiheitsgedankens der westlichen Welt und der Todesstrafe.

Saß ein Betrunkener am Steuer?

Die Kapelle hatte sich zum Abspielen der Nationalhymnen mitten auf den Platz gestellt. Fritz nestelte ungeduldig in seiner Hosentasche. Da – die Hymne. Diese Italiener! Schon die Flagge war falsch herum aufgezogen. Und wie sie jetzt aus Bosheit *Deutschland über alles* spielten! Für Fritz waren die Argentinier *die Italiener*. Und obwohl er in seinem Leben mehrfach aussortiert worden war, obwohl ihm das Genick gebrochen worden war (oder vielleicht gerade deswegen), liebte er in einer alten Anhänglichkeit an seine Schmerzen alles, was seine Heimat nicht verloren hatte, liebte er seine verlorene Hymne, die er seit Jahrzehnten nicht gehört hatte, von der er nicht einmal wußte, daß die Reihenfolge durcheinandergebracht worden war. Gegen *die Italiener* hegte er eine unüberwindliche Abneigung, *seit Albanien, seit Griechenland, seit Libyen, seit Abessinien und seit Vittorio Emanuele III., der so unscheinbar war, daß ihn Mussolini nicht mehr in der Öffentlichkeit auftreten ließ, von der Erscheinung her mehr Imperatrix als Imperator. So klein war er, daß er schon fast nicht mehr auf der Welt war, stellen Sie sich das vor! Und diese zwei Schießbudenfiguren glaubten daran, die Erben Roms zu sein!*

Nachdem das Spiel angepfiffen war, die Köpfe dem einen Ball folgten, ergab sich bald eine *richtige Schlacht*, mit *Schuß!* und *Volltreffer!* Sie schienen ihr Leben einzusetzen, *alles aus sich herauszuholen.* Dieses Spiel hatte Südamerika mehr Tote gekostet als alle Kriege des Jahrhunderts zusammengezählt. Das Geschrei der Schlachtenbummler vermischte sich mit dem Schweiß auf den Rängen und den Urlauten der Kämpfer auf dem Feld der Fußballschlacht. Gelegentlich zogen sie aneinander vorbei und spuckten sich ins Gesicht.

Die stärkere Seite gewinnt. – – – Mein alter Urgroßvater, ein entschiedener Verfechter der stärkeren Seite, hatte mir noch diesen Satz aufschwatzen wollen, ohne Erfolg. Also – ich fasse zusammen – wurde die Siegerhymne gespielt. Die deutsche Hymne, sie hätte auch als Kammermusik präsentiert werden können, aber *die Italiener* bliesen sie mitten im Stadion in ihren grellen Uniformen wie *Alle meine Entchen* herunter. Ein Skandal für Fritz, die Hymne wurde, wie Fritz glaubte, absichtlich falsch, absichtlich quakend, wie eine Improvisation von *Alle meine Entchen* oder *O Tannenbaum* (das beliebteste deutsche Weihnachtslied in Italien) gespielt.

Bei der Siegerehrung. Unsere Sieger sahen ganz so aus, als ob sie eine Schlacht gewonnen hätten. Ihr Anhang grölte auf den Rängen und drohte den Verlierern, allen, die in diese Niederlage verwickelt waren, mit dem Tod. Sie machten Anstalten, alle auf der Stelle zu vernichten. Siegerrituale, der Fuß im Nacken, die Gesten der Unterwerfung wurden schon angedeutet. Es fehlte auch hier nur ein Haar, aber der einsetzende Regen verhinderte das Ende des Spiels: die Ausrottung aller Feinde.

Es gab zum Glück keine Toten. Aber der Platz sah nachher doch wie ein Schlachtfeld aus.

Die Trostlosigkeit einer Siegesfeier.

Der Wind hat den Augenblick des Sieges davongetragen. Der Regen hat ihn zugeregnet. Die Sieger müssen vor Freude schreien. Sie haben gesiegt. Sie sind fertig. Sie haben in der Arena nichts mehr verloren. Sie können jetzt nur noch *So ein Tag, so wunderschön wie heute* singen. In ihrer Verzweiflung beginnen sie, *So ein Tag, so wunderschön wie heute* zu singen und zu schunkeln. An der Stelle des Sieges das leere Spielfeld.

Sie besaufen sich, und dann kommen ihre Frauen, ziehen sie von Mann und Biertisch weg, und das Leben muß weitergehen. Schon auf dem Fußballfeld, schon nach dem Siegestor war dem strahlenden Helden nichts anderes eingefallen, als sich auf den Boden zu werfen. Als sich auf den Boden zu werfen, dahin, wo die anderen schon lagen, sich übereinanderzuwerfen aus Freude und liegen zu bleiben und dann wieder aufzustehen.

Auch auf der Straße setzte sich das verzweifelte Gegröle von *So ein Tag!* fort. *So ein Tag!* – – – *So ein Tag!* Sonst nichts, in alle Ewigkeit. Auch Fritz summte mit. Und ich, der alles mitangesehen hatte, summte schütter dagegen.

XIV.

In den Händen bald ein Gefühl, kein Gefühl mehr zu haben.

Da fiel auch schon wieder ein Regen. Er hielt mich im Zimmer fest. Er verhinderte, daß ich überhaupt vor die Tür kam. Es regnete mich ein, mich an, mit diesem Tag war nichts mehr zu machen. Rosa lag neben mir. Kein Zauberer war da, der sie von mir weggezaubert hätte. Dieser Mensch, der in seinen schwächsten Sekunden an mir hinunter- und hinaufbiß, hinunterbiß, bis er unten war und kam und ging, bis er hart wurde, hart und groß, so groß wie eine Chiquitabanane, so hart wie ein Ausrufungszeichen, ein Imperativ.

Ich hätte sie in den Regen hinausgeschickt, aber dieser Regen fiel wie flüssige Scheiße vom Himmel herunter. Meinen ärgsten Feind hätte ich nicht in diesen Regen hinausgeschickt.

Verstehst du? Ich konnte meine Hand nicht heben, so schwer war mir alles. Der Waffenschein, woher bekomme ich einen Waffenschein? Im Taschentuch Klexogramme aus Schweiß und Sperma, Schweiß, der bald zerfließt, vertrocknendes Sperma. Ihre Oboen-da-caccia-Stimme, die Erinnerung an erste Orgasmen. Noch auf dem Boden, denn es blieb keine Zeit mehr. Und ich kam, so wie normale Menschen auf der Stelle in die Hose machen, wenn sie es nicht mehr aushalten.

Wir grunzten zufrieden. Waren wir erst kindisch, dann waren wir wenig später schon tierisch, und wir stöhnten auch, als ob wir uns etwas antun wollten. Dann kam wieder die Passage mit dem *caressing*, auf die Schleckphase folgte wiederum die Neckphase, Rosa deckte mich mit Haut und Haar zu. Warum bist du so dunkel?

Wenig später waren wir schon wieder wach und aufrecht. Das Essen mußte zubereitet werden. Ein Stück Hammel hing bratfertig an seinem Haken. Das Gewöhnliche mußte es sein, an das wir uns halten konnten, alles, was das Leben einfach und sicher machte, nur keine Ausnahmen! Wir klammerten uns an das Leben an seinen gewöhnlichsten Stellen. Der Hammel, wenn er knusprig gemacht ist. Der eine sagte, was alles dazugehört, die andere, wie man es macht. Die Nacherzählung bis zu der Stelle, wo er auf den Tisch gestellt wurde, füllte das Leben und gab ihm Sinn.

Und doch war es wie zu Hause. Es war heiß, und ich stand mit freiem Oberkörper an ihrer Tür: das bin ich. Schau her! Sie strich sich das Haar aus dem Gesicht und schlug die Tür zu. Was willst du?

Ich war keine Führernatur. Ich konnte diese Menschen nicht an mich reißen und nicht an mich binden.

Und was war mit ihr? Ich mußte schon auf ihr liegen, doch selbst da war sie ganz weit weg.

Drinnen schon wieder ein Gelächter zwischen bellendem Hund und betrunkener Frau.

Ich wartete nur darauf, daß eine Tür zugeschlagen würde, nur auf ein Lebenszeichen.

Ich hing an ihr.

Mit dem Recht des kopflos Verliebten blieb ich stehen.

An den sonderbarsten Stellen schlug mein Herz: hinter den Ohren, in den Nasenflügeln.

Das ist alles nur eine Erinnerung.

Die Liebe war ein Glaube, der Berge nicht versetzte.

XV.

Ich habe mir sagen lassen, daß die Triebtäter praktisch von Anfang an da waren. Immer waren es *Männer*, die der Frau ihre Kleider vom Leib rissen, auch die ärmsten, armseligsten Gewänder, in den Bach damit. Immer suchte er dieselbe Stelle, genau dieselbe, die eine, die auf der ganzen Welt einzige. Nachher sackte er zusammen und wollte es nicht gewesen sein. Er schwor, daß er dies nicht wollte. Aber dann kam das Opfer, die Frau, der Mensch, den er getötet hätte, und zeigte mit dem Finger auf ihn. Einer, mit dem dasselbe Mädchen früher vielleicht Doktor gespielt hatte oder Blinde Kuh oder die patagonische Version, eine Mischung des einen mit dem anderen Spiel, ließ ich mir sagen. Ein Lastwagenfahrer, ein Gewaltmensch. Biß seine Frauen in die Hände wie ein Hund, in die Beine. Das Tier sprang sie an und wollte nichts anderes, als sie schreien zu hören. Nacht mußte es sein. Eine Frau, ein Arsch. Dann sprang er hinter seiner Pappel hervor, zog seine Stricknadel und stach zu. Die Frau schrie laut auf. Der Kerl mit dem Strumpf über dem Gesicht lachte sich halb tot. Die Stelle, das blau gefärbte Mal wurde der Doctora gezeigt. Ihr blieb nicht viel mehr übrig, als sie mit etwas Jod abzutupfen. Auch der Richter (der bei uns zu Hause Bürgermeister hieß) ließ sich die Stelle zeigen. Das Mädchen sollte nachmachen, wie sie aufgeschrien und wie er gelacht hatte. Dann schickte er die anderen hinaus, schlug eine Spazierfahrt vor. Was blieb ihr anderes übrig? Sie hatte schon die Volksmission mit dem Pater aus Pescopagano überstanden, das Landmanöver, die Pockenimpfung, den Tod ihrer Lieblingskatze. Das alles kam auch noch in die Provinzzeitung.

Ich sah, daß der Mensch ein Geschlechtsteil hatte, das nach außen oder innen verlief, und er wußte nicht, wohin damit. In Afrika schrien sie in den Urwald. In Afrika schnitzten sie an einem Gott herum, den sie dann mit etwas Glück verkaufen konnten, wenn nur ein Schiff kam. In der Südsee tanzten sie Hula-hula und setzten sich zum Sonnenuntergang ans Meer. Ich erinnerte mich an die Menschen in den Gebirgstälern bei uns, die mitten in ihrem schönen Tal von ihrem schönen Tal sangen und sich am Bier berauschten. Sie mußten nur vor ihr Haus, und da war auch schon ein Misthaufen. Sie konnten kotzen, und alles war gut. Ich sah die Lappen am oberen Rand meiner Erinnerung. Sie fanden für sich und ihr Vieh die Weideplätze, an denen sie eine Zeitlang leben konnten. Das Rentier graste überall, wo der Mensch in der Nähe war. Selbst die Nomaden fanden ihr Glück unterwegs. Sie zogen mit ihren Sternbildern. Dann und wann schlugen sie ihr Zelt auf und waren mitten in der Wüste die glücklichsten Menschen auf der Welt. Die Nomaden wußten nichts voneinander. Auch die Seßhaften wußten nichts voneinander und wie schon! Doch sie teilten ihre Sternbilder, es war *ein* Glück, das sie trieb.

Früher war der Boden unter meinen Füßen ein Nomadenboden, ließ ich mir sagen. Jetzt saßen Tagelöhnergestalten vor ihrer Hütte, deren Vorfahren im Troß der Eroberer hierhergekommen waren und ihre Geschichte an den Nagel gehängt hatten. Nachfahren von Existenzen, die an den Rand des damals bekannten Endes der Welt abgedrängt worden waren. Er kroch am Boden. An meine Tiroler zurückdenkend, an meine grauen, lustigen Vorfahren, an meine Nomaden und ihre Sternbilder, den Zulu mit seinem Speer, seinen glücklichen Zähnen von der Jagd zurück, selbst an mich: ich, auch ich mußte mir sagen, daß jeder, der hier ankam, ein verdrängter Mensch war, von den sonnigeren Weideplätzen, vom Licht in der Geschichte, vom ersten Haus am Ort. Wie erst ihre Kinder und Kindeskinder. Immerhin, den gröbsten Willen mußte einer noch haben, mit dem er am Leben hing, um hier zu sein und zu leben, was dasselbe war. Sie wissen nicht einmal mehr, daß sie sterben. Sie wissen es, aber es ist ihnen egal.

So besuchte ich Frau Madefsky. Ich wußte nicht, ob sie ein gewöhnlicher Flüchtling oder eine Vertriebene war. Ich entdeckte ihr kleines Backsteinhaus, das sie zusammen mit ihrem Mann am Ortseingang des sechzig Kilometer entfernten Nachbarortes Gobernador Costa gebaut hatte, als wären sie hier zu Hause. Da ist es! Und Mario nahm die eine Hand vom Lenkrad und zeigte auf das Haus. Ein Ausflug. Ich wurde von Mario zu Frau Madefsky gebracht und wieder abgeholt. Während er seine kleinen Besorgungen machte, sollte ich mit Frau Madefsky etwas plaudern, das Neueste von zu Hause erzählen, meinten die Verwandten. Da war noch jemand, der Deutsch sprach und sich über mich freuen würde, aus dem einen Grund, daß ich von zu Hause kam. Ich war gar nichts und niemand, aber auch Frau Madefsky begann zu weinen, kaum daß ich *Guten Tag!* gesagt hatte.

Warum war sie weggefahren? Sie begrüßte mich überschwenglich, mit ihren Tränen, mit ihrem rollenden R und ihrem Glanz in den Augen. Ich war nun schon mehrfach auf diese Weise von Menschen, denen ich wildfremd war oder gewesen sein müßte, begrüßt worden. Sie umarmte mich, was, wäre sie zu Hause gewesen, nie geschehen wäre. Da saßen wir auch schon in der Küche, und nach dieser ersten Aufwallung gab es einen Kaffee, und es war ganz so, als ob es sich bei ihr um einen Menschen handelte, der zurückgekehrt ist. So erzählte sie mitten aus ihrem Leben, das hieß bei der alten Frau: aus ihrer Vergangenheit. Sie hätte auch zu Hause bleiben können, dachte ich, warum so schweifend? Aber dann strafte mich meine Erinnerung mit dem Gedanken, daß Frau Madefsky jetzt ohnehin nicht mehr in ihrem Häuschen in der Nähe von Elbing säße, ob mit oder ohne Auswanderung. Heute wäre sie eine gewöhnliche Vertriebene, heute säße sie vielleicht in der Gegend von Nürnberg, so wie ihre Schwester, oder wäre einfach tot. Ihr Haus wäre angezündet worden und abgebrannt. Sie hätte nur das Wichtigste in einen Koffer stecken können, mitten im Winter, übers Eis, so wie ihre Schwester. Die Fluchtgeschichten unterschieden sich nur geringfügig. Nur im Detail, dachte ich.

Die Schefkys! Sie wollten nicht mit, blieben einfach in ihrem Haus. Sie hatten gedacht, daß es nur halb so schlimm kommen werde, und wollten abwarten. Aber dann ging es zu Fuß Richtung Sibirien. Wie weit sie kamen, weiß ich nicht. Die ganze Familie, meine Schwester und ihre sieben Kinder, zu Fuß, alle blond – – – Kein Zeichen mehr. Zu Hause noch vergewaltigt, selbst die Großmutter noch – und dann getötet. Frau Madefsky wollte mich nicht zu sehr in ihre Geschichte hineinziehen, so fing sie von ihren zwei Enkeln an, wie sie vor ihren Augen groß wurden und immer noch wuchsen. Von ihren Töchtern im besten Alter. Blonde Sehenswürdigkeiten, die sich vom weltweiten Schwarz abhoben. Ich bekam sie nicht zu Gesicht, aber ich ließ mir sagen, daß die eine das Kolonialwarengeschäft führte und die andere mit einem Lastwagenfahrer verheiratet war (das hieß hier: zusammenlebte), der bis nach Santa Cruz und Feuerland hinunter kam, in den argentinischen Teil der Insel. Ich müsse sie unbedingt kennenlernen, beide, ich solle wiederkommen. Sie würden für mich kochen. Traute sowieso, aber auch die jüngere, Erika. Das glaubte ich gern, und ich bedankte mich. Ich hatte das Gefühl, daß ihr auch die Töchter etwas entglitten waren. Sie standen auf eigenen Beinen, kamen nur noch zu Besuch. Kamen zur Tür herein, wohl ohne große Anmeldung, aber nur noch gelegentlich.

Frau Madefsky machte alles noch selbst: aufstehen, waschen, kochen, zu Bett gehen und was zu einem Leben gehört. Von drüben bekam sie mit einiger Verspätung die Illustrierten zugeschickt, die BUNTE, die unter den Auswanderern eindeutig bevorzugt wurde und sie mit dem schönen Leben in Deutschland verband. Sie führte mich durch ihr Haus. Ich müsse noch das Haus sehen. An den Wänden des Wohnzimmers und des Schlafzimmers die unvermeidlichen Bilder und Photographien. Aus der Zeit von *Es dunkelt schon in der Heide* ein Photo ihres verlorenen Hauses auf dem Nachttischchen. Und das Bild ihres Mannes. Ich sah, daß er sie wahrscheinlich auch in Ostpreußen betrogen hätte. Der Kontinent spielte keine Rolle. Was zwischen ihnen war, setzte sich auch hier fort. Jetzt war er lange tot. Es gab keinen Streit mehr. Sein Bild hatte einen Ehrenplatz. Der gute Fritz! sagte sie. Er hatte sie einfach mitgenommen. Sie wollte nicht weg, aber was blieb ihr anderes übrig, als ihm zu folgen! – – – Hier fuhr er mit abgezogenen Fellen herum, mit Strohballen, Wein, mit allem, was die Jahreszeiten boten, ein Landhandel. Er konnte auch bald die Umgangssprache, während sie damit gar nicht angefangen hatte und in fünfzig Jahren nicht über *Buenos dias* und *Gracias* hinausgekommen war. Über den Handel mit den Landprodukten kam er zu seinen Frauen. In jeder *Hotel* genannten Absteige am Weg konnte er eine haben, dachte ich.

Nach Pico Grande war sie früher zweimal im Jahr gekommen. Zur Kirschernte bald nach Weihnachten. Und dann sonst noch einmal, wenn Fritz dort etwas zu tun hatte. Aber jetzt hatte sie niemanden mehr, der mit ihr hinüberfuhr. Gelegentlich kam der aus Königsberg stammende und nun in Pico Grande immer noch lebende Fritz (Kennen Sie Fritz?) herüber. Er ließ sich gegen ein Trinkgeld von Meier fahren. Dann plauderte man etwas Deutsch, so wie heute, mit einigen ostpreußischen Brocken dazwischen. Und wenn Meier mit seinen Besorgungen fertig war, klingelte er auch schon. Der Fahrer der Doctora, auch ihn kannte ich schon. Seine Mutter war eine Kreuzung von einem Solothurner Gebirgstäler mit einer Araukanerin. Das klang nach Viehzucht, war aber ein – vielleicht noch größerer – Zufall. (Wie hätte diese Kreuzung als Viehsorte geheißen? Jura-Araukan vielleicht?) Es war leicht, auch er machte es mir leicht, eine Geschichte dazuzudenken.

Frau Madefsky war eine schöne Frau gewesen, gewiß. Die Welt war voll von schön gewesenen Frauen. Spuren zeugten davon bei Frau Madefsky. Ich konnte das erschließen, die Falten wegdenken, alle Veränderungen rückgängig machen. Dann blieb nur ein Lächeln. Ihre Töchter, sagte sie, sprachen noch den ganzen Tag deutsch und waren so blond wie immer. Aber die Enkel! Das wurde von einem Blauschwarz durchkreuzt. Sie hatten sich auf die Seite des einheimischen Blutes geschlagen. Die alte Frau erkannte ihre Enkel, die sie liebte, nicht wieder. Elbing war umgetauft worden, hieß Elblag, ein kleiner, unverzeihlicher Unterschied. Bald werden die Enkel so groß sein, um in der argentinischen Armee zu dienen. Ihr Vater wurde noch durch preußische Kartoffelfelder gejagt. Kartoffelfelder gab es hier nicht. Für wen beschrieb sie ihre untergegangene Welt?

Hinter dem Haus eine Tankstelle für die Camiones, ein Hotel für Arbeiter, die zu den Ölfeldern in der Provinz Santa Cruz unterwegs sind. All ihre Sätze fangen mit *Ich weiß noch* an; und kein Tag vergeht ohne Erinnerung, eine Medizin, die zum Tod führen wird.

Meine Zeit bei Frau Madefsky war um. Mein Fahrer kam, um mich nach Pico Grande zurückzubringen. Er riß mich heraus, noch ein Loch, nur ein kleines unter dem Dach des Backsteinhauses. Grüßen Sie Don Fritz und die anderen, alle *grriessen!* Mit dem festen Versprechen, wiederzukehren, ging ich. Sie hat es in der Fremde nicht ausgehalten, ausgehalten. Ihre Enkel sind ihr über den Kopf gewachsen (sah ich auf dem Photo) und haben ganz andere Kopfschmerzen.

So verläuft die Geschichte. Negro verliert schon seine Milchzähne, und das tut weh. Er spielt noch immer mit dem Bären. Später wird er Lastwagenfahrer oder Architekt. Wahrscheinlich Lastwagenfahrer.

XVI.

Du kommst gerade recht zur Volksmission! Den Pater von der Salesianermission gab es zu meinen Zeiten noch, er reiste in Patagonien herum, um den Abkömmlingen der Indianer und den Abkömmlingen der Weißen zu sagen, daß sie hier keine Zukunft hätten, daß sie hier verloren seien. Gleich neben der Plaza Mayor stand jene kleine Kirche mit dem Wellblechdach, mit dem himmelblauen Türmchen im Schatten des Denkmals für General Pico Grande im Schatten der weißblauen Flagge Argentiniens. Ganz wie zu Hause: auch hier fand alle zehn Jahre die Volksmission statt, genauso wie in Calitri, Pescopagano oder sonst einer katholischen Gegend der Welt. Das Traurigste aber war, daß der erste Tag ganz allein vom Pater bestritten werden mußte. Kein Mensch kam, nicht einmal eine Frau oder ein Kind. Am dritten Tag waren dann die ersten Reihen mit Schulkindern gefüllt, die vor sich hin kicherten, als der Geistliche mit dem italienischen Akzent das baldige Ende der Welt verkündigte. Die Kirche war tot. Nur Kinder und Frauen, die von einem cellulitischen Geistlichen mit der Hölle konfrontiert wurden. *Ihr seid alle verloren!* drohte er an jedem der folgenden Tage. Miserables, nichtswürdiges Volk! Die Kleinen lachten und weinten, je nachdem, wie sie an diesem Tag aufgelegt waren. Sie steckten die Frauen an, die *verstockt waren wie die Einwohner Jerusalems am Tag vor der zweiten Zerstörung des Tempels.* Wer verstand das schon! Aber geweint wurde doch. Die Tränen breiteten sich wie ein Feuer aus. Auch Chico schluchzte auf, dieser sentimentale Säufer, außer den uniformierten Schuljungen der einzige auf der Männerseite, er schluchzte, wenn er die Worte: *Liebe, Verlorenheit, Höllenfeuer* auch nur hörte.

Mit seinem Rette-deine-Seele-Gesicht stand der Missionar vor den Kindern und setzte ihnen wegen ihrer Sünden zu, wohl auch schon im voraus, denn verschiedene dieser Kleinen, die eigentlich die besonderen Lieblinge Jesu waren, was sie allerdings gar nicht gewußt haben dürften, fingen schon im zartesten Alter an zu sündigen, auf alle Arten, aber besonders auf die eine, bis nach Feuerland hin verbreitetste.

Die Namen der schönsten Jungen hatte er sich schon am zweiten Tag gemerkt. Sie durften mit ihm *Jesus und die Apostel* spielen. Es war ein recht einfältiges Spiel. Der Lieblingsjünger sollte sein Haupt auf den Schoß Jesu (dargestellt durch die cellulitische geistliche Person) legen. Das war alles. Auch beim Einzug zum Abschlußgottesdienst galt diese Apostolische Ordnung: Die zwölf schönsten Jungen (viel mehr gab es nicht) zogen in die Kirche von Pico Grande wie in den Tempel von Jerusalem, während das brüchige Gemisch von Kinder- und Altweiberstimmen den Raum füllte, nicht füllte: *Tu es Petrus.* Die Volksmission (die meisten hatten mit ihr nichts zu tun, die Doctora war orthodox, Rosa war erleuchtet, Fritz war gar nichts) blieb in Erinnerung wie ein Manöver auf dem Land. Nachher wurde das Rette-deine-Seele-Kreuz an die Außenwand der Kirche genagelt.

Gehet hin in alle Welt! Aber ich konnte mir nicht denken, daß sich aus diesen Reihen das *Salz der Erde* oder das *Licht der Welt* erheben sollte. Stumpfsinnig saßen sie da und wollten nicht einmal selbst erlöst sein. Sie hörten sich diese Flut von Titeln und Auszeichnungen, die in der Erklärung gipfelten, daß sie alle *Kinder Gottes* seien, an, und dabei blieb es. Sie ließen sich von dieser Erscheinung, die nicht einmal ihren Stoffwechsel im Griff hatte, sagen, daß der *Vater jedes Haar auf ihrem Kopf gezählt* habe, und dabei blieb es. Was für einen Sinn hatte dieses *Gehet hin in alle Welt!* am Ende der Welt (und auch am Ende der Zeit, beides dachte ich, fiel hier zusammen) schon! Gehet hin ... Wer wollte sich hier schon aufraffen, dieser Aufforderung zur Machtergreifung, zur Gleichschaltung der Welt folgen? Der übermütige Enrique, zum Beispiel, war in einem Alter, in dem man versucht, seinem Nachbarn einen Haken in die Eier zu geben.

Kein Resümee der geistlichen Einkehr. Kinder und alte Frauen, die sich von einem schwammigen Geistlichen Sünder schimpfen ließen wie überall auf der Welt. Schon in Pescopagano und Calitri wurden nur jene Kinder Gottes zum *Licht der Welt* oder *Salz der Erde* ernannt, die nicht wußten, wohin sie sollten, wie sie ihren Tag hinbringen sollten, ihren Sonntag, und daher am Morgen in die Messe und nachmittags in den Rosenkranz hinkten und in allen Weltsprachen *Wunderschön Prächtige* sangen. Und abends die Vesper ...

Bei der Sammlung kam nicht viel zusammen, trotz der Drohungen, die nur einem Geistlichen möglich waren und sind. Es hatte sich auch in dieser Hinsicht nicht, nichts gelohnt. *Ganz wie zu Hause,* ich sah zufällig, wie auch er beleidigt in eine bessere Gegend davonfuhr.

XVII.

Die Gegend um Pico Grande war voller Höhlen. In den meisten war gar nichts zu sehen außer Steinen und Knochen, die nicht viel anders herumlagen als im Museum für Vorgeschichte.

Nur durch Verrat war die Höhle mit den Händen als Gerücht an die Öffentlichkeit gefallen. Schon das Gerücht, daß ganz im Süden eine Höhle entdeckt worden sei, komplett ausgemalt, bis hin zu erotischen Abwegigkeiten, die älter waren als alle bisher entdeckten, lockte mehrere amerikanische und deutsche Höhlenforscher in eine Gegend, die sie bis dahin nicht einmal dem Namen nach gekannt hatten: das Tal des Pico Grande hatte von nun an Klang. Sie waren auf der Suche nach dem Homo Picograndensis, aber wahrscheinlich waren sie auch nur an seinen Knochen und Scherben interessiert.

In dieser Höhle trafen wir uns. Kinder hatten sie beim Spielen entdeckt. Sie hatten keine weiteren Zeichen hinterlassen, auch die Indianer nicht – was immer der richtige Name für diesen Vorzeitmenschen war. Die Malereien und die Höhle selbst waren älter als die Indianer. Vor ihnen hatte es hier den Tiermenschen oder das Menschentier gegeben. Von ihnen mochten die Zeichen an der Decke und an den Wänden herrühren. Für mich war dieser Ort nichts anderes als ein großes, halbhelles und halbdunkles Loch, in dem wir uns unbemerkt von unseren Anderen treffen, zusammenlegen und zusammentun konnten. Bald vergaßen wir, wo wir waren. Ich, aber ich glaube auch meine Frau, wir waren nur liebestolle Eindringlinge, tollwütig wie die anderen vor uns, neben uns, nach uns.

Wahnsinnig, die roten Hände, tausendfach eine wie die andere waren sie über uns ausgestreckt. In unmittelbarer Nachbarschaft dazu Tiere, alles ganz primitiv. Köpfe, Beine,

Hörner und Schwanz, der berühmte Tiermensch mit seinem Schwanzzeichen in der Mitte: das war zu sehen. Aufgerichtete und liegende Figuren, kreuz und quer. Das war Gruppensex, Hordensex, freie Liebe. Schon *damals* hatten sie die Geschlechtsteile über die Verhältnisse groß gemalt. Das hatte ich bereits in der heimatlichen Bärenhöhle beobachten können. In die Mitte der menschlichen, menschenähnlichen Figur hatten sie ein Riesengeschlecht gesetzt, das vom Oberschenkelzeichen bis zum Mundzeichen reichte, mit Leben gefüllt, nach oben gerichtet, ermannt, erigiert, eine unbezweifelbare Ausrichtung, Aufrichtung zum Himmel hin. Da war noch ein hingemaltes Riesenloch, fast so groß wie der Eingang zur Höhle, eine gigantische Möse, die den Raum füllte und geschlossen war. Das sagte nur so viel: daß das Universum einen sichtbaren Mittelpunkt hatte.

Hielt ich mich bei einer alten Geschichte auf? Rosa trug Stöckelschuhe, wie bei uns eine Fremde in den Bergen. Sie war hinter mir her, ich mit meinen Ansätzen zum *free climbing* hing zwischen den Wänden. Zunächst sah es so aus, als ob ich sie töten wollte, ich fiel sie an, biß sie in den Hals. Sie witterte, was ihr blühte, spielte mit, riß die Augen auf, stellte sich halbtot, spielte das Mordopfer. Aber allein so war es überhaupt möglich, daß wir zusammenkamen. Nur wenn ich sie getötet hätte, wäre ich ihr noch näher gewesen.

Da griff ich nach dir, ermannte mich, fiel über dich her, stürzte mich auf dich und biß in diesen Hals, zum Zeichen, daß ich dich liebte. Du drehtest dich halb freiwillig auf die richtige Seite, du bücktest dich halb freiwillig, du ließest dir halb freiwillig dein zu enges und zu schwarzes Höschen unter dem Rock wegziehen. Du fingst halb freiwillig an zu stöhnen. Und es gab nichts mehr außer dieser Höhle mit ihrem obszönen Himmel, wo anstelle von Sternen zehntausend Jahre alte Schmutzzeichen, Sternenzeichen,

Erinnerungen an Besessenheiten herunterglänzten, die sich in nichts von unseren Erinnerungen und Besessenheiten unterschieden, von meinen ganz allein. Und ich, der ich kaum zehn Jahre nach der Schließung von Dachau das Licht der Welt erblickt habe, einen Steinwurf weit von der Außenstelle der Geschichte, einer ihrer über das wellige Voralpenland verstreuten Außenstellen, atmete kurz und heftig, genauso wie meine Frau unter mir. Wir stöhnten, denn die Lust war nur verdoppelt und nicht gelöscht. Ich schlug mit der flachen Hand auf das Fleisch zwischen meinem Fleisch, auf die Arschtitten, wie wir es liebten, aus Liebe. Sie kam, erstarrte und schlüpfte in ihre Wäsche, in ihr Kleid zurück.

Draußen muß man sich eine Steilwand von hundert Metern dazudenken. Am Fuß dieser Höhle lag Pico Grande. Das Innenleben der Schafe wurde den Geiern überlassen, die hier auch nur in der Mehrzahl auftraten, so wie die Verliebten und wir.

XVIII.

Ihre Erscheinung erinnerte mich an schön verblühenden Flieder. Zwar saß sie zu Pferde, ließ sich wie immer aus dem Sattel gleiten, küßte mich pflichtschuldig als von weither angereist und verwandt, und so steht sie vor mir. Die wenigen Bilder, die mir mein Onkel von Elena und Edgardo und den anderen geschickt hatte ... Damals war sie, so sagt man, in Brand gesteckt worden von ihm. Jetzt lag einer neben ihr im Bett, der schnarchte und seine Füße nicht gewaschen hatte und sich nur mit seinen graubraunen Socken schlafen legte, sonst war er haarig und nackt.

Er hatte sie überfallen und ließ sie liegen. Seit fünfzehn Jahren ließ er sie liegen. Geschnarcht hat er von Anfang an, aber die Zähne fielen erst im Lauf der Jahre aus. Jetzt lag sie wach. Jetzt brachte er kleine Tierchen von seinen Besuchen in der Stadt mit ins Bett. Sie stachen zusätzlich. Es gab vor Ort kein Heilmittel gegen diese Liebe. Diese Tierchen füllten sich mit ihrem Blut. Das sah sie mit bloßem Auge. Doch sonst hatte sie nichts von ihm.

Sie fuhr über seine haarige Brust. Jetzt war das Loch doch alles. Es fehlte etwas, mittendrin fehlte etwas. Das was fehlte, war ganz in der Mitte. Das Loch war leerer, als die Nacht schwarz war.

Nach innen ist mein Aug jetzt nur noch wach
Für alle Dinge die von außen sind versagt es
halb den Dienst halb ist es schwach
Nur scheinbar sieht's
tatsächlich ist es blind
erfüllt von dir nur und von nichts
begnügt

Jetzt lag sie offen. Er fern neben ihr. Von der Pampa kam: der Nachtwind. Nur die Toten schliefen, sie aber mußte wach liegen. Es roch nach gelber Scheiße. Schon bald, nachdem sie zu ihm gelegt worden war, roch es nach gelber Scheiße. Seine Lebenszeichen vermischten sich mit den Laken. Ihr geliebter Mensch machte ins selbe Bett, in dem sie lag. Diese Wahrheit war mit der Zeit zur einzigen, zur unumstößlichen Grundlage ihrer gemeinsamen Existenz geworden, zu einer Art Mittelpunkt ihrer Beziehungen. Nur wenn er sehr betrunken war, schlug und vergewaltigte und liebte er sie. Die paar Ohrfeigen nahm sie in Kauf.

Die kleinen Tiere sind überall. Der Schmerz beginnt schon lange, bevor er sichtbar wird. Das Blut schimmert schwarz hinter der dünnen Haut dieser Untierchen. Der Schmerz ist farblos.

Ihre Töchter lagen in Zimmern für sich, deren Fenster auf das Anwesen von Don Fritz hinüberzeigten. Alle im heiratsfähigen Alter, doch mit keiner war es weit her, wurde mir von ihrem Vater gesagt, eine schrieb sogar Gedichte. Die Kleine wurde mir als gute Köchin präsentiert. Graziella könne schon Königsberger Klopse zubereiten (nach dem Rezept von Fritz). Auch wasche sie wunderbar sein Auto an der Lagune. Hinter dem Pueblo die kleine Lagune mit den rosaroten Flamingos, deren Fleisch nicht schmeckte, bitteres Flamingofleisch, klares, kaltes Wasser.

Der zerzauste Himmel schön anzusehen, aber zu weit weg.

Am Morgen sitzt er auf seiner Kartoffelkiste und schlürft Mate, nachmittags will er seinen Kaffee, abends seine Ruhe.

Ihr Leben drehte sich vor Schmerz im Kreis.

Ich brenne, hätte sie gesagt, hätte sie einer gefragt, wie es ihr gehe.

XIX.

Und doch: man war mit mir Angeln gefahren. Ich sollte angeln. Man hatte eine Angel für mich mitgenommen. Als wir (Galina, Mario, ich) am Fluß angekommen waren, der sich durch die Hochebene schlängelt und eine Verbindung zwischen diesen schönen kalten Seen und dem Pazifischen Ozean herstellt, hatte mir Mario von der Ladefläche weg gleich meine Angel entgegengestreckt und *deine Angel* gesagt. Ich hatte sie auch noch in die Hand genommen und war hinter Mario her die wenigen Schritte zum Ufer des Corcovado gegangen, hatte dann aber meine Angel auf den Boden gelegt. Willst du nicht einmal sehen, wie er anbeißt? Lustlos griff ich nun doch zu meinem Gerät, ließ mich antreiben vom Mann neben mir und seiner Mutter hinter mir und versuchte, es zu machen, wie alle es machen, wie man es macht. Meine Angel – – – wir beide wackelten etwas, wir zitterten, es war eben das erste Mal. Mario machte mir vor, wie ich den Haken ins Wasser werfen, wie ich die Angel halten und wie ich hinsitzen und lauern und schweigen sollte.

Und so saß ich eine Zeit. Wie Mario es vorgemacht hatte, selbst in der Haltung einer elastischen Angel, warf ich dieses Gerät über mich hinaus, irgendwo in Richtung Wasser. Ich hatte meinen Gastgebern natürlich verschwiegen, was für eine unglückliche Figur ich immer schon, vom Schneeballwerfen an, gemacht habe. Jetzt konnten sie sich das denken. Zu meinem Unglück hatte ich plötzlich das Gefühl, daß etwas an meinem Angelhaken herumbiß. Ich wollte es vertuschen, aber Mario, der mich wie nebenbei beobachtet hatte, gab mir mit seinem ganzen Körper ein heftiges Zeichen, jetzt fest zu kurbeln und die Angel gegen mich zu ziehen, und auch etwas in die Höhe, so wie er's mir vorgemacht hatte. Doch ich ließ die Angel hängen und kurbelte in die falsche Richtung. Der Haken hing unsichtbar tief im Wasser.

War schon der Glaube Marios, der die einzelnen Spieler aller Mannschaften der Bundesliga auswendig aufsagen konnte, sein Glaube an den Kampfesmut (der sich ja zunächst spielerisch und sportlich zeigte), an den Kampfgeist der Alemanes durch meine Auskunft, ich sei noch nie angeln gewesen, habe bisher in Pico Grande nur einmal auf einem Pferd gesessen, um nach Sekunden schon wieder herunterzufallen, war dieser Glaube an eine Überlegenheit, deren Repräsentant ich sein sollte, schon gleich am Anfang meines Erscheinens und Auftretens erschüttert worden, so war er nun – vielleicht für immer – zerstört. Das sah ich, aber er schwieg freundlich und verlegen.

Ich hatte gehört oder gelesen, daß Frauen an sich die besten Lachsfängerinnen seien, vermutlich allein ihrer Ausdünstungen wegen, die auf diesen Königsfisch, der unter Wasser auf seiner Suche nach dem großen Fisch dem Albatros über Wasser entspricht, der, ich weiß nicht warum, in der ganzen Welt herumfliegt, eine enorme Anziehung ausüben. Aber Galina, schon hungrig, saß hinten beim Grillfeuer. Sie war für die Zubereitung der Beute zuständig, machte sich auch schon an den Gewürzflaschen und dem Brotkorb zu schaffen. Sie wartete auf den ersten Fisch, den Mario schließlich mit schon abgeschnittenem Kopf und Schwanz auf den Grill legte. Sie wollte ihn nur noch würzen, verfeinern und von Zeit zu Zeit von der einen auf die andere Seite drehen.

Ich sollte es noch einmal versuchen. Pustend und errötend streckte ich mich also noch einmal über mich selbst hinaus. Ich stand an der Kante des eiskalten Wassers, und es war ein Wunder, daß ich nicht hineinfiel. Das war geschafft. Nun versuchte ich wie Mario, wie ein Angler, wie ein Mann dazusitzen. Umsonst. Es geschah nichts. Ich saß da, vermutlich so, wie ich im Krieg auf den Einschlag einer Granate gewartet hätte.

Es war ja nur mein Glück, daß nichts passierte. Schon war ich etwas aufgeheitert und wollte anfangen zu plaudern. *Ich* konnte ich gerade noch sagen, da machte Mario ein Gesicht, als ob ich ihm das Leben verpfuscht hätte.

Habe ich das tatsächlich, wenn auch nur augenblicksweise? Er hatte doch schon genug gefischt, die lautlosen Tiere mit dem Haken im Maul, dem Widerhaken, mit ihrem ganzen Gewicht und Leben an diesem Haken hängend herausgezogen, mit der Hand (die Hände sehr geschickt, der Fisch kaum blutend) den Haken vom Maul, das Maul vom Haken gelöst und den Lachs in die Wanne geschmissen, wo er sich etwas erholen konnte, verschnaufen, sage ich vereinfachend. Denn nicht jeder Fisch bekam sogleich eins hinter die Kiemen, nur die auserwählten Exemplare, die zu unserer Gaumenfreude vorgesehenen. Die anderen durften noch etwas im flachen Wasser weiterschwimmen. Er hatte genug gefischt, auch er die Lust verloren, so wechselte er bald von seiner Lust in die Politik und die Raumfahrt. Die Russen flogen schon seit Wochen wieder in einer Umlaufbahn, doppelt bemannt. Das war ein sichereres Terrain für mich. Der Lachs schmeckte, nebenbei, gegrillt ausgezeichnet. Auch der Wein. Immer gab es diesen dunklen, erdigen, hinreißenden und hinabziehenden Mendoza. Das Fangen, Töten, Braten und Verzehren eines Lachses etwa und Wein dazu: kaum ein Vergnügen sonst gab es hier, es war so gut wie das einzige. Wir fuhren mit unseren Angeln, unseren vollen Mägen und unserer restlichen Beute nach Pico Grande zurück. Mario hatte einige überflüssige Lachse und Forellen zusammen in seine Wanne auf der Ladefläche geworfen, ein wenig Wasser dazu. Wahrscheinlich lebten sie noch.

Es war Teezeit. Ich sollte noch zum Tee bleiben. *Wie war's?* fragte mich Concetta, die den Tee im Samowar zubereitet hatte, auf russisch, so wie ihr das von Galina beigebracht worden war.

Kuchen gab es keinen. Aber Galina war schon dabei, mir einen Schöpflöffel Marmelade in den Tee zu tun. Das war vielleicht in Rußland, wo ich nie war, so üblich. Ich konnte gerade noch *die Kalorien* sagen, doch es war zu spät. Wieder fragte sie mich nach Deutschland und nach dem neuesten Dollarkurs. Wir tranken Tee, aber ich schämte mich noch immer wegen der Angelschnur, die unglücklich im Wasser hing, und wegen meiner unglücklichen Figur, wie ich jetzt dasaß, wie sie mich anschaute, in mich hinein-, mich durchschaute. Sie hat dich durchschaut, dachte ich. Die unglückliche Figur an der Angel wurde nun von der unglücklichen Figur am Teetisch abgelöst. Unglückliche Figuren, die sich der Reihe nach herausstellten. Kam ich nicht schon ganz allein hier an, reiste ich nicht ganz allein durch die Welt, nicht einmal mit einem Hund unterwegs?

Aber sie dachte vielleicht gar nicht so weit, wie meine Angst reichte. Sie kam mit Wünschen auf mich zu, fragte nach den *Burda Moden*, dem *Spiegel* oder *sonst einer Illustrierten*, fragte nach *aufladbaren Batterien*. Stellte sie nicht über Drähte und Blech die Verbindung zur Welt her? Mario war hinausgegangen. Gehen wir bald wieder einmal fischen. Es bedeutete das Gegenteil einer Frage. Ich atmete auf, suchte erleichtert nach ein paar Worten Russisch. Schon mein bald abgebrochener Russischkurs hatte mit einem Satz zum Radio begonnen: *Baris srlusched radio* (Boris hört Radio). Sie wiederholte und verbesserte mich. Der Satz klang wie ein hohles Faß.

XX.

Schrecklich, dachte ich, ein Wort aus der Alltagssprache, das seit hundert Jahren nicht aus der Mode gekommen war.

Ich ließ mir sagen, daß in Pico Grande genauso gefeiert wurde am 20. April wie am Fuß des Hegau, am Fuß der Zugspitze und zu Füßen des Führers. Fritz versteckte sich an diesem Tag, mußte eine Entschuldigung finden, warum er nicht mit allen anderen feiern konnte an diesem Tag. Dem Ortsgruppenleiter stand die Rede zu. Auch Indianer als Randfiguren auf der Plaza General Sanmartin. Für alle, die gekommen waren, schilderte er nun auf spanisch den Lebenslauf des Führers, angefangen mit Braunau am Inn. Er schärfte ihnen die wichtigsten Namen und Begriffe in der Originalsprache ein. Er ließ sie *Führer, Braunau am Inn, Hauptstadt der Bewegung* und *Die Vorsehung* nachsprechen.

Auch wenn ein offizieller Besuch kam, war es ganz wie zu Hause. Reiste der Provinzkommandant an, stellten sich die wichtigsten Männer von Pico Grande an der Plaza Mayor auf und hatten eine dicke blau-weiße Schärpe um den Bauch gebunden. Die Schulkinder sangen die Nationalhymne wie jeden Morgen, nur vielleicht etwas frischer, und steckten tief in ihren Uniformen, weiß-blaue Ebenbilder waren sie. Der Polizeichef überreichte der Frau des Provinzkommandanten, die mich an Jovanca Broz-Tito erinnerte, ein Gebinde rot-weißer Nelken und verhaspelte sich bei der Übergabe, ganz wie zu Hause. Auch das Gelächter. Keiner weiß, woher die schönen Blumen kommen.

XXI.

Im Jahr, nachdem meine Maul- und Klauenseuche ausgebrochen war (die Diagnose kam von mir, keiner konnte mir sagen, was mir fehlte), hatte ich mich schon an meine Schmerzen gewöhnt. Ich nannte, was mir fehlte oder was war: Maul- und Klauenseuche, tödlich und unheimlich wie sie. Ärzte gab es nicht. Hätte ich mich Medizinern anvertraut, jenem Beruf, der vor hundert Jahren noch wissenschaftlich begründete, daß man an Onanie starb, und aufzählte, wer alles an dieser Krankheit schon gestorben war, wäre auch ich gestorben, denn was war meine Krankheit gegen die unschuldige Onanie!

Eine helle Stunde bei Fritz. Ich hatte ihn nur gebeten, mir von seiner Reise nach Deutschland zu erzählen. Von seiner Schwester war er schon mehrfach genötigt worden, zurückzukehren. Schließlich war Fritz einfach ein Flugtikket (open end) zugeschickt worden. Er solle kommen und sich alles anschauen, alles, was sie sich im Verlauf einer nun schon vierzig Jahre dauernden Nachkriegszeit angeschafft hatten, nachdem die Flüchtlingsgeneration alles verloren hatte und überhaupt wieder einmal nur die Robustesten mit dem Leben davongekommen waren. Seine Nichte war Zahnärztin geworden. Seine Schwester schrieb immer wieder, Gaby sei jetzt Zahnärztin in München! Fritz wußte überhaupt nicht, warum sie diesen Unsinn immer wieder nach Pico Grande meldete.

Die Schwester wollte ihn noch einmal sehen, ja, sie schrieb von *Platz genug* und *immer bleiben,* was für Fritz nur heißen konnte, er solle *nach Hause* kommen zum Sterben. Sie hatte ihm die elektrischen Geräte geschickt, den Braque, von dem die Doctora sagte, das Bild sei nichts anderes als ein gerahmtes Poster, die Ostsee, die Kopie seines Meeres, das an seiner Wand hing.

Dann fuhr er doch. Aber er wurde krank. Vielleicht brach seine Krankheit auch nur aus. Fritz, der sein Leben am Rand von Pico Grande verbracht hatte (nur einen kleinen Teil davon im Provinzgefängnis von Comodoro Rivadavia wegen Unzucht), mußte schon am zweiten Tag seines Aufenthalts in ein Münchner Krankenhaus eingeliefert werden. Seine Schwester, im Berufsleben ein hohes Tier beim deutschen Roten Kreuz, hatte ihm sogleich einen der im deutschen Krankenhaus so zahlreich auftretenden Spezialisten verschafft, sodaß er zunächst annahm, trotz allem in guten Händen zu sein, in einer Lage, die er in seinem ersten Brief nach Pico Grande als Glück im Unglück beschrieb. Die Schwester hatte es nach München verschlagen. Kaum in der *Hauptstadt der Bewegung* (heute Weltstadt mit Herz) angekommen und vom ersten Tag des Weiterlebens an als Flüchtling beschimpft, drohte schon eine Abschiebung über die Iller wegen Überfüllung. Tante Käthe hat es tatsächlich nach Eßlingen! bei Stuttgart verschlagen, schon ihre Kinder sprechen das dortige Umgangsschwäbisch.

Im Münchner Krankenhaus entfernte man mir zunächst einmal ein kindskopfgroßes Geschwür aus dem Unterleib. Man hat mir dieses Geschwür nicht gezeigt und auch nicht gesagt, wo es schließlich verschwunden ist (wohin mit dem chirurgischen Abfall?) – – –, aber hätte ich nicht ein Anrecht darauf gehabt, es wenigstens zu sehen? War es nicht mein Geschwür? Als Kind konnte ich doch meinen Milchzahn auch in ein Taschentuch wickeln und vom Zahnarztstuhl weg mit nach Hause nehmen. *Kindskopfgroß* behauptete eine Assistenzärztin, die mich betreuen sollte, auf mich angesetzt war und immer wieder mit großen Schritten ungefragt und ohne Gruß hereintrampelte. Wir mußten fast alles entfernen! Der Professor hat Sie gerettet! Meine Operation war nach unergründlichen, über Nacht einsetzenden Schmerzen unvermeidlich, wie mir gesagt wurde. Kein einziger dieser in Massen auftretenden vernünftigen Menschen bezweifelte den Eingriff, aber ich war es, der unterschrieb, der die Verantwortung auf sich nahm. Meine Schwester hatte mir schon vor dem Eingriff eingeflößt, wie dankbar ich sein müsse, von einer solchen Kapazität behandelt zu werden. Das Bild eines Lebensretters wurde mir aufgedrängt, die Vorstellung eines großen Menschen, eines Übermenschen, dessen Schwächen, sofern sie bekannt waren, als klein entschuldigt wurden. Er opferte sich so sehr auf, daß er nicht einmal Zeit fand, mich zu begrüßen. Er verzehrt sich für seine Patienten, hörte ich. Ich hörte von Geschenken pflichtschuldiger Geretteter. Die nicht Geretteten schwiegen in ihrem Grab.

Ein Bauchplatzer! Nach diesem Zwischenfall hat sich der berühmte Chirurg nicht mehr sehen lassen bei mir. (Ob er so berühmt war, weiß ich gar nicht. Überhaupt halten sich die Ärzte für berühmter, als sie sind, aber der einzig berühmte und somit berühmteste Arzt des zwanzigsten Jahrhunderts heißt Mengele, getauft nach dem heiligen Joseph, dem Ziehvater Jesu und Patron der Arbeit. Beide ausgesprochene Handwerker.) Ich hatte nichts mehr in Händen als Gedärme, meine eigenen Innereien. Einfach einschlafen, tot umfallen? So schnell geht das nicht. Der Tod läßt sich Zeit mit uns. Plötzlich lag ich im eigenen Blut, zufälligerweise auf der Intensivstation, auf der Stelle wurde ich ohnmächtig. Wir sind schwach, unser Gewebe ist schwach, die Narbe, je länger sie ist, desto eher reißt sie auf und will nicht verheilen. Ich bin noch einmal davongekommen.

Gerade am Rande des Todes, aber die Assistenzärztin machte schon wieder ein Gesicht, als ob mir ihr berühmter Chirurg das Leben gerettet hätte, wo er mich doch nur noch einmal in Todesgefahr gebracht hatte. *Das durfte nicht vorkommen!* hörte ich. Und sogleich wurde auch bestritten, daß es vorgekommen war. Meine Schwester eilte bestürzt ans Krankenbett. So etwas komme in der heutigen Medizin, die doch die beste sei, die es je gegeben habe, bei hunderttausend Operationen nur einmal vor, behauptete sie. Schuld sei nicht der Arzt, sondern mein schwaches Gewebe. Schön, daß du lebst! – Und dann?

Zu meiner Zeit konnte noch jede Schneiderin ihren Knopf annähen, ein Scherenschleifer schliff seine Schere zurecht. Der Metzger wußte nicht nur, wie er sein Schwein aufschneidet und ausbluten läßt, er wußte auch noch über alles Bescheid, was dann kommt. Sogar ein Meteorologe war zuverlässiger als jener Chirurg, der mir einfach den Bauch aufschnitt, den Kopf, das Herz, und nichts damit anzufangen wußte. Ich lag in meinem Krankenzimmerbett am Ausbluten. Der Facharzt kam herbeigeeilt und wußte nichts anderes mit mir anzufangen, als die Wunde, die er mir beigebracht hat, noch einmal zuzunähen. Ich hätte mit meinem Bauch zu einem Medizinmann gehen sollen. Er hätte mir mit seiner Hand, mit seinem Herz, mit seinem Blut geholfen, er hätte mich gerettet. Aber mein Doktor, der mir auch meinen Totenschein ausgestellt hätte, ohne mit der Wimper zu zucken, ließ mich einfach liegen, mir hätte der Tod blühen können. Aufschneiden, zunähen, den Totenschein ausstellen, aber vorher bin ich, ein Vierzuteilender, zwischen Leben und Tod, Operationssaal und Tiefkühltruhe hin- und hergerissen worden. Es kann ganz lang oder ganz kurz dauern, je nach Zufall, Tageszufall, in wessen Klauen einer geraten ist. Ich hatte Glück, ich lebte, lebte noch mit meinem Bauchplatzer, meinen Händen, meinem Gedärm in den Händen.

Es gibt auch einfachere Fälle. Nehmen Sie ein gewöhnliches Raucherbein. Ihnen wird alles vom Fuß bis zum Oberschenkel abgeschnitten. Das Raucherbein wird entfernt, in die Chirurgentonne damit! Und so sollen Sie für den Rest Ihrer Tage auf der Welt herumlaufen? Vor Scham läßt sich der Chirurg kein einziges Mal mehr sehen. Ihr Bein, mit dem Sie doch laufen lernten, kommt als chirurgischer Abfall ich weiß nicht wohin. Das Raucherbein ist nun wirklich allein, bis zum Ende wird es seinem Verlust nachtrauern, bis zum Ende wird es hinter seinem Bein herlaufen, das ihm vorangegangen, ihm voraus ist.

Diesem Arzt verdanke ich mein Leben! Wie oft habe ich diesen Satz gehört. Das Gegenteil konnte ich freilich nie hören. Grenzenlose, uferlose Dankbarkeit der Überlebenden, die Tränen in den Augen des Raucherbeins. Selbst es schreibt noch einen Dankbrief, den ein Chirurg aus Scham nicht zu Ende liest. Es will seinen Retter doch wissen lassen, daß es schon wieder auf den Beinen ist und alles essen kann. Die Rollstuhlindustrie wächst ins Unermeßliche. Wer reinigte die Fleischmesser?

Die Putzfrauen kratzen das Operationsfleisch aus den Ritzen und Bohrern und Zwischenräumen. Menschenfleisch ist süß, süßlich. Das wissen Sie alles.

Mein Chirurg sah das freigelassene Stück Haut, die Oberfläche, und malte ein Operationsbild auf meinen Körper, er zeichnete den Schnittweg. Ich, der Patient, der Fall, das Objekt, war längst weggesackt, im Glauben, geheilt zu werden. Doch außer meinem Röntgenbild kannte mein Chirurg nichts, wußte er nichts von mir. Er kam nicht mit mir, nur mit meinen Röntgenbildern in Berührung. In einem Großbetrieb kommen die Röntgenbilderakten immer wieder abhanden. Auch ganze Menschen verschwinden in diesem Schlachthof, der Krankenhaus heißt, in der Mangel von Knochensägern, die Chirurgen heißen, Schwestern ausgeliefert, die keine sind, von Krankenpflegern zu Tode gepflegt. Nur der Kranke, nur ich hatte meinen Namen zu Recht. Spätestens als sich der Krankenhausgeistliche neben mein Bett setzte, wußte ich, daß man mich aufgegeben hatte. Immerhin bescherte mir die Unfähigkeit der Ärzte einen Anstaltsgeistlichen, der sich an mein vermeintliches Sterbebett setzte und fromm auf mich herunterblickte. Das war ein verdecktes Geständnis, daß sie nicht Herren über Leben und Tod waren. An dieser Stelle wußte ich endgültig, daß Arzt und Versager dasselbe ist, war und sein wird. Denn wie konnte es gleichzeitig Ärzte und Sterbebetten geben?

Wenigstens der Anstaltsgeistliche hatte sich in den Kopf gesetzt, mich zu retten. Was wäre so ein Geistlicher ohne das Sterbebett, sein ganzes Kapital? In meinem Sterbebett hatte ich Zeit, über das Leben nachzudenken. Das Sterbebett, diese heimliche Bankrotterklärung des Arztes, war andererseits auch sein ganzes Kapital: sein Monopol auf den am künstlichen Leben erhaltenen Patienten, die goldene Zitrone. Eine gemeinsame Kapitalanlage, wenn auch ganz unterschiedlich investiert: für Arzt und Geistlichen ist das Sterbebett eine Goldgrube. Ein gutes Bett wirft jeden Tag so und so viel ab. Gleichgültig, wie groß die Schande, Arzt und Priester wollen, daß sie erhalten bleibt, daß dieses Bett seinen Platz in der Welt behält und immer wieder neu gefüllt und ausgenommen werden kann.

Dann und wann gelang es dem Geistlichen sogar, dem Kranken einzureden, daß er verloren war, sei und sein werde. Der Fisch biß an, der Kranke begann zu weinen, zu reden und zu bereuen, *zu singen,* er verriet alles, sein Leben, und wollte nur noch erlöst sein. Aus dem Handköfferchen heraus wurde ihm die Letzte Ölung erteilt. Ich hätte ja sagen sollen zum Tod. Der Priester wollte mich für den Himmel haben, mich für die ewige Seligkeit buchen. Dankeschön, heute nicht. Ich verriet ihm, daß ich nicht katholisch war, in meinem Leben nicht. Soviel konnte ich gerade noch aus mir herausstöhnen.

Der auf mich abgerichtete Arzt saß derweil in der Teeküche. Man hatte mich offensichtlich aufgegeben. Von den Ärzten ließ sich keiner mehr sehen. Man hatte mich an den Geistlichen abgetreten. Aber auch der war verschwunden. Kaum als ich abgelehnt hatte, war er eingeschnappt aus meinem Sterbezimmer verschwunden. Mein Fall war fast abgeschlossen.

Doch mein Blut verfärbte sich nicht. Wasser und Blut blieben eins. Irgendwann stand eine ganze Horde von weißen Wölfen, von Wolfsmenschen an meinem Bett. Man zeigte auf mich, und die Assistenzärztin meldete ein Wunder: der Chefarzt hat Sie gerettet. Gott und der Chefarzt, warf der zurückgekehrte Geistliche ein, der sich das Wunder nicht nehmen ließ. Ich wurde nicht in die Tiefkühltruhe geschoben. Mein Fall war doch nicht abgeschlossen. Man rief meine Verwandtschaft nicht an, ich sei tot, sondern ich sei am Leben. Man könne mich jederzeit abholen.

Dann konnte ich den ganzen Tag hinter einem Fenster sitzen, vor dem irgend etwas blühte. Nachher ging ich zu Bett. Dazu die Angst, mit Händen und Haaren offen im Raum zu liegen. Ich hätte mich unter der Decke versteckt, hätte ich gekonnt. Für den kleinsten Schmerz, den kleinsten Schnitt verlangte ich schon nach einer vollkommenen Betäubung. Ich nahm auch lieber den Tod in Kauf als ein paar Stiche ins eigene Fleisch, die ich als solche wahrnahm. Ich war schmerzscheu, immer wieder mußte man mich einschläfern.

XXII.

Im Holzhaus war es schön warm. Fritz lag auf seinem Diwan. Man ließ ihm seine Knaben, die Photos und die Hefte. Sie wurden ihm sogar ins Haus geschickt, zu fragen, was er nötig habe, Vorwände waren es nur. Dann zeigte er auf den Zettel auf dem Eßtisch. Der Junge las vor sich hin, leicht über den Tisch gebeugt, viereckig, grobschlächtig, ein Gesicht wie ein Leuchtfeuer, so ungeschickt wie reizend. Seine Augen arbeiteten. Geh zum Schrank, nimm dir einen Schein, nein, da, im obersten Fach. Der Junge war verlegen, aber das Geld nahm er doch. Magst du dich nicht setzen? Nicht in allen Holzhäusern war es so gemütlich. Da hingen Felle an der Wand von überall her, auch einheimische Felle, Vizcaja, klein, wenig bekannt und böse, zu einer Fellandschaft zusammengenäht aus Hunderten, ein Jaguar in Katzengröße, aber auch ein richtiger Puma, die Umrisse des Kopfes hingen von der Wand herunter, während das Fell selbst fest an die Wand genagelt war. Ein schönes Tier.

Eine Zeitlang lebte er *deswegen* ja im Provinzgefängnis. Ein einziges Mal fiel ein Stein durchs Fenster und traf ihn. Damals war es ein kleiner Wanderarbeiter, der hinüberrannte ins *Hospital Rural,* und Mario und Meier hievten den schweren Körper auf eine Bahre, während der Kleine zu erklären versuchte, wie alles gekommen war. Ein kleiner Wanderarbeiter, sie tranken zusammen einen Brandy. Im Sommer half er im Hochwald, im Herbst half er in Mendoza bei der Weinernte, ein Wanderarbeiter auf dem Diwan mit Fritz.

Über dem Diwan die Ostseelandschaft, von der Schwester mit der Post geschickt, mit dem Schiff und seither hier an der Wand, ein unerkannter Stellvertreter von zu Hause.

Jetzt muß ich mir alles durch den Kopf gehen lassen, das Bild, die Horizonte, Winterreisen, den weiten Weg, die optischen Täuschungen. Die vom Himmel begrenzten Landstriche, das Herauswachsen aus den gierigen Zeiten, aus Hunger und Durst. Der Abriß der Anden. Die Lust flackerte noch in vertrottelten und beinahe zahm gewordenen Leibern. Sie schlich sich erinnerungsweise über die sieben Berge zurück. Dreizentnerschwere Dein-ist-mein-ganzes-Herz-Sänger kamen nicht mehr. Aber sonst kamen alle. Und dann wird eine nackte Frau in die Mitte von Pico Grande gestellt — es kann auch ein Mann sein — und zum Mittelpunkt des Universums erklärt. Zwei Beine, und schon kippt der Mensch um.

Nun ja, ein kleiner Selbstmordversuch. In christlichen Zeiten tödlich, da nahm der Henker das Hackbeil, das der Priester zuvor gesegnet hatte, und schlug dem Verbrecher den Kopf ab. Jetzt glich die Geschichte nur noch der Beschreibung der Nähe des Geliebten, der tot neben ihm auf dem Boden lag. Seinem Leben, die mitgeschleppten Selbstmordversuche mitgerechnet, die überstürzte Flucht per Schiff, die Stelle im Garten, wo er aufgeschlagen war und beide Beine gebrochen hatte. Neben der Erinnerung an die Bezahlung von Lebensrettung und Krankenhaus hatte er nur die Erinnerung zweier lange hinkender Beine, zusätzlich zu den anderen, schon vor dem Selbstmordversuch bestehenden Beschwerden des Lebens.

XXIII.

Dann fiel mir nur noch das Schulfest ein. Ich konnte Rosa erzählen, daß wir – die Schüler von einst – uns zehn Jahre jeden Tag gesehen hatten und dann zehn Jahre überhaupt nicht mehr, und versuchte, ihr zu beschreiben, wie ich nach dieser langen Zeit etwas hilflos herumstand. Hinter meinem Rücken wurde etwas von Schönheitsoperation getuschelt. Oder sogar von Schönheitsoperationen, denn meine Freundin von einst schaute mißtrauisch und wohlgefällig auf mich herab. Doch Rosa interessierte sich überhaupt nicht dafür. Ich wußte nicht, was ich ihr noch erzählen sollte.

Rosa und schon meiner Freundin von einst hatte ich mehrfach beteuern müssen, daß ich ihre Nebenbuhlerinnen nicht geküßt hatte. Das konnte ich mit gutem Gewissen.

Es wäre mir im Schlaf nicht eingefallen, sie auch noch zu küssen. In Rosa stieß ich wieder auf meine Freundin von einst. Auch sie hatte die Gewohnheit, mich nach anderen Frauen zu fragen und mich dabei zu streicheln, als ob sie mich ganz lieb hätte. Ich sah ins Feuer – – – und schon hörte ich die Geräusche des Mittagsschlafs zweier Verliebter. Dieser Boden. Darum hatte der Peon (der Cowboy) seine hochhackigen Stiefel, seine Reiterhosen, sein Pferd, sein Gewehr. Dieser Boden, in den man sich verstrickte, der an Hosen und Strümpfen hängen blieb.

Und wie wir das Leben vor den Anden ausbreiteten! Wie wir es in Mittagsschlaf und Nachtisch, Liebe und Zahnschmerzen aufteilten!

XXIV.

Nachmittags kommt das Postauto aus Gobernador Costa angefahren. Es bringt keine Post.

Also legte sie sich ins Krankenbett und wartete, bis sie an der Reihe war. Es war so gekommen: Da konnte man ihren dicken Bauch sehen. Dagegen gab es nur eine lange Nadel, einen Widerhaken und eine Schüssel, die alles auffing.

Die Kirche hat Fiebermesser geschickt. Doch in ihrer Hütte, einer Verbindung aus Wellblech, Himmel und Rost, gab es nachts kein Licht. Ihre Tage aufschreiben? Schreiben war für sie soviel wie malen. Hätte ihr irgend jemand gezeigt, wie das geht mit dem Fiebermessen, auch nur eine einzige Nonne, die ihr das gezeigt hätte – – – Jetzt ist der Fiebermesser ein Spielzeug für die Kinder.

Jetzt sticht man ihr in den Bauch wie immer schon. Die Kirche? – – – Die Kirche, das ist für sie der Lastwagen, der alte Bettdecken und gebrauchte Kleider aus Europa bringt, ein ganz alter Camion aus Richtung Comodoro Rivadavia. Sie ist nur eine Indianerin. Sich taufen lassen für eine alte Bettdecke und den Himmel, das Himmelreich?

Wieder ein Loch mehr auf der Welt, sagt man in Pico Grande, wenn ein Mädchen geboren wird. Auch sie möchte nicht noch einmal geboren werden und leben, um immer wieder den Bauch gefüllt zu bekommen mit Schmerz und Leben. Sie weiß nicht, wie lange es schon in ihr gegen die Bauchwand ausschlägt, ohne daß sie etwas dazu tut, so selbständig wie ein knurrender Magen.

Nebenher läuft das Transistorradio. Es ist viel schlimmer, als sie dachte. Sie kann sich an einen ähnlichen Stich nicht erinnern. Es ist wie eine Geburt, aber nachher bleibt das Leben aus. Die Hilfsschwester trägt den Kübel zum Abfall. Sie kann noch etwas liegen bleiben. Ob es schlimm war? fragt man sie. Sie bekommt eine Tasse Tee, falls sie will. Auch etwas Kopfweh hat sie noch. Dieser blaugefärbte Rest, dazu konnte man nicht Mensch sagen, konnte man dazu Mensch sagen? Die Höhle war eine Steinhöhle. Und drinnen lagen überall nur Knochen herum.

Der Hund sah, wie Concetta mit dem Kübel kam und ihn ausschüttete und wieder verschwand. Er nahm das Stück Fleisch zwischen die Zähne wie die Katze ihr Kleines.

XXV.

Ich rauchte gerade meine erste Veni-Creator-Spiritus-Zigarette, morgens, in aller Frühe, saß am Küchenfenster, schaute nach Patagonien hinaus, diesseits und jenseits der Grenze. Drüben lag Chile. Saß auf dem Stuhl, auf dem auch Chatwin gesessen hatte. Ich sah unseren Friedhof, den er photographiert hatte, der jetzt für immer in seinem Buch festgehalten ist, als Bild, und sah von meinem Küchenstuhl aus die Pappel, hinter der er für immer verschwand.

Ich schaute zum Fenster hinaus und stieß nun wieder auf jenen Unfall auf dem Weg zum Flughafen Frankfurt am Main, auf dem Weg hierher. Ich, der erste der Entronnenen, stand nun wieder mit den Toten vor mir, mit diesen Zufallstoten ganz allein. Eine blutrote Landschaft, in die mich meine Erinnerung tauchte. Allein neben meinem Beifahrer stand ich neben dem Toten ohne Totenschädel und bei den Schreien, die aus den Wracks drangen. Wir rissen an der Tür mit aller, unserer Gewalt. Bald befreiten wir ein schreiendes Kind, zogen es durch diese Tür zurück ins Leben, während in nächster Nähe zwei Stumme saßen: beiden hatte es die Sprache verschlagen, der einen mit, dem anderen ohne Kopf, den man bald im Straßengraben fand. Ein Familienausflug, hörte ich. So etwas hat man schon tausendmal sehen müssen, sagte der zu spät eingetroffene Samariter vom Rettungsdienst. Ich rauchte meine Zigarette und ließ mir sagen, daß der Fahrer gewichst habe. Der Schuldige war ein Lastwagenfahrer, der vom Weg abgekommen war, auf die Gegenfahrbahn, unsere, geraten, weil er aus Langeweile zwischen Ärschen und Titten hin und her blätterte, wie es unter Lastwagenfahrern auf der Autobahn üblich ist. So war er vom Weg abgekommen, auf mich zu. Doch alles kommt ans Licht, sagte Tante Luz, und ich, der erste der Entkommenen, konnte nachher in der Zeitung lesen, wie es soweit gekommen war. Meine Autobahn, stand sie mir einst für die Ferne, so steht sie mir jetzt für den Tod. Später hörte ich auch noch von einem zu schnell fahrenden Leichenwagen, der in eine Radarfalle geraten war, oder las es in der Lokalzeitung. Welches Recht kam hier zur Anwendung? Galt das Tempolimit für LKW oder PKW? Was ist ein Leichenwagen? Ein juristisches Problem, dachte ich. Überstürzt fuhr er, raste über die Autobahn, vielleicht zu dem in einer anderen Stadt gelegenen Krematorium, dem Heimatkrematorium, wo die Toten verbrannt sein wollten. Eine Überführung, möglicherweise testamentarisch verfügt: so in die Radarfalle. Dies wurde den Toten wohl auch noch in Rechnung gestellt, aber das konnte uns gleichgültig sein, und auch den Toten wuchsen keine grauen Haare mehr darüber. Ein Toter auf Reisen … Doch ich war schon erschlagen, als ich den neutralen Leichenwagen – nicht schwarz, nicht weiß – davonfahren sah.

Von diesem Ort zurück zu Chatwin.

Ich fand meinen Weg noch nach Frankfurt am Main. Wenig später saß ich auf demselben Küchenstuhl wie Chatwin und sah durch dasselbe Fenster zum Friedhofshügel hin. Auch Chatwin war auf meinen Onkel gestoßen. Antonio landete in seinem Buch und erinnerte mich an andere schräge Menschen, die seine Welt bevölkerten, namentlich an jenen irischen Missionar, der ein Leben lang in Neusüdwales am Meer saß, abwechselnd betend und schnorchelnd – oder beides zugleich? –, verwandt mit allen schrägen Menschen, die irgendwo auf der Welt schräg auf ihrem Stuhl herumsaßen und auf Chatwin warteten.

Don Antonio hat mir noch alles geschrieben. Jetzt ist Chatwin tot wie Nadeschda (»Hoffnung!«) Mandelstam, die damals noch vor seinen Augen mit ihren Brüsten spielte. Tot wie die Mandelstam – – – Kann man das sagen? Ist das ein Beweis? Tot wie mein Antonio, *tot* wie *immer*, sagte ein Philosoph, *tot wie immer*, ist das deutsch?

Antonio schrieb: *Da kam er den Weg zur Estancia herauf, klopfte an meiner Tür, ein Engländer auf Reisen, mit einem entsetzlichen Spanisch unterwegs, aber neugierig. Da stand er, ein paar Jahre vor Ausbruch des Falklandkrieges, und wollte zu mir. Es regnete leicht, es tröpfelte wie immer*, wie zu Hause, *sagte er, mit einer Plastiktasche und einem Regenmantel. War das alles? Was für einer kommt denn da? Warum er hier war, weiß ich immer noch nicht.*

Was weiß er schon von dir und deinem Leben! dachte ich. Laß ihn schreiben, was er will. Irgendwann wirst du dir den Tod holen, dachte ich.

Und so war es auch: schon kurze Zeit später soll er sich *im Tibetanischen* den Tod geholt, ein tausendjähriges Ei gegessen haben, las ich. Da war ein nomadisierender bei einem seßhaften Einsiedler zu Besuch, so dachte ich, als ich selbst zu diesem Küchenfenster hinaussah, wie schon mein Onkel, wie schon Chatwin.

Die Doctora war böse, als sie mich mit Chatwins Buch in der Hand erblickte. Ganz Patagonien war böse auf Chatwin. Wir sind doch auch Menschen! sagte sie. Aber Fritz hat er nicht entdeckt! Seinen Braque hat er nicht gesehen. Dabei kam er doch von der Kunst! Der Kerl hatte keinen Spürsinn! *In Patagonien* durfte ich Chatwins Namen nicht nennen.

Der Brief Antonios: *Die Doctora hatte mich schon gewarnt. Da wird einer kommen und Sie ausschlachten. Der Wind, der Regen, die Wolken, die Schafe machten ihm nichts. Als ich ihn hinausgeworfen hatte, versteckte er sich hinter der großen Pappel und kritzelte alles in seinen Notizblock.*

Kaum saß er bei mir in der Küche, begann er zu streiten mit mir. Die Hirschgeweihe erregten ihn, und so die Bilder, die auch nicht von mir waren. Und nun trank er meinen

Most. Erst wollte er nicht, dann war er schon fast betrunken. Ich erzählte ihm, daß meine Onkel Nueva Alemania gegründet hatten, nach dem Ersten Krieg in Pico Grande umgetauft. Ich erzählte von Wilson und Evans, den Banditen, damals in ganz Amerika gesucht und wenig später auf unserem Grundstück begraben. Das Grab habe ich ihm freilich nicht gezeigt. Chatwin hat einfach die Stelle photographiert, wo ich meinen Lieblingshund bestattete! Und das Bild kam als Banditengrab in sein Buch. Bueno, sagte ich. Der Engländer taute auf, schwärmte von der Wolga, Ernst Jünger und einem Knabenbordell in Kuala Lumpur. Was sollte ich damit in Nueva Alemania? – – – Wir sind doch auch Menschen! wandte ich ein. Jetzt begann er zu randalieren, beschimpfte und verfluchte mich und jeden, den es ans Ende der Welt verschlagen hat, namentlich die Auswanderer, Nomaden, Einsiedler, sich selbst. Dann stand er auf und wollte mir über den Tisch weg an den Kragen. Ich mußte mit der Faust auf den Tisch schlagen, doch auch das half nichts. Er lachte, gräßlich, laut, englisch, kannst du dir so ein Lachen vorstellen? Erst als ich ihm zu verstehen gab, daß er einen Boxmeister von 1932 vor sich stehen habe, sackte er in sich zusammen. Ich warf diesen Kerl hinaus. Es regnete immer noch. Er fluchte noch ein paar Schritte weit, dann war es still wie immer. Ich habe nie wieder etwas von ihm gehört.

XXVI.

Heute bitte nicht die Geschichte mit den Schwänzen! Wir saßen bei der Doctora, die Katze an sie geschmiegt, Meier etwas im Hintergrund. Und Meier, der auch etwas sagen wollte, machte schon wieder Anstalten zu plaudern. Ich war gerade von Fritz gekommen, der ja in unmittelbarer Nachbarschaft, wenn auch ganz für sich wohnte. Ich brachte Grüße mit. Die Schwanzgeschichte, die ich nun doch hören wollte, war, wenn auch nicht von Meier, an sich schnell erzählt (dabei wußte er alles nur vom Hörensagen), eine Kriegsgeschichte. Nur der Höhepunkt: Diese Huren hatten ihren Soldaten, kaum bei ihnen zu Besuch, die Geschlechtsteile mit einem scharfen Messer vom Leib getrennt. Eng anliegend, vom Bauch weg, keinerlei Widerstand. Kurz und schmerzlich. Im ganzen Reich ging damals das Gerücht von dieser Liebe und diesen Nächten.

Die gelben Rosen hingen als Leuchtzeichen vor dem Fenster. Wie steht die Mark? Umrechnungskurse gehörten zu den Gipfeln in ihrem Leben, Dollars, die Mark, aufladbare Batterien ... Die Rosen blühten gerade da, wo man sie hingesetzt hatte, mit ihrem kleinen Schwergewicht, kurz vorher, kurz nachher.

Nach einer Weile fragte sie, ob es stimme, daß Fritz jetzt auch noch ein Kaninchen im Haus habe. Zusätzlich zu den Ratten, dachte sie, auch noch Kaninchen, die sich mit den Ratten zusammentaten, gegen den Strich und geschlechtsunabhängig, ganz zum Vergnügen, folgenlos.

Dann fiel das Wort *Weltverschwörung*. Die Intellektuellen von Pico Grande glaubten alle an die Weltverschwörung. Der Amerikaner, der gerade zum Fischen am Lago Verde war, glaubte an die bolschewistische, Fritz an die jesuitische, die Doctora an die CIA-Weltverschwörung. Meier glaubte an eine jüdische Weltverschwörung. Dann gab es noch die homosexuelle, die Freimaurer- und andere Weltverschwörungen, die nicht einfach genannt werden durften. Es waren auch Verschwörungsmischungen und Koalitionen möglich, ja die Regel.

Das ist ja die Hehe! Streng könnte einiges verhindern, vielleicht sogar das Schlimmste. Aber er will nicht! warf die Doctora resignierend ein.

Meier hatte mir schon damals auf dem Weg zum Fußball verraten, daß er die Doctora für eine heimliche Jüdin halte. Sie sei gar keine Russin, sondern eine Jüdin. Und? fragte ich. Eben! Sie gebe seit vierzig Jahren ihre Identität nicht preis und arbeite für den *Moschus*, eine Organisation, von der ich nie gehört hatte, die, wie mir Meier versicherte, identisch mit dem israelischen Geheimdienst sei. Möglicherweise war sie auch noch eine russische Spionin, die als solche ganz Patagonien unter sich habe und von ihrer unscheinbaren Zentrale aus für den ganzen Süden Südamerikas zuständig war. Zu allem hatte sie ein armes Indianerkind adoptiert und es Mario genannt, um die Grenzen zwischen Indianischem und Jüdischem, Russischem und Katholischem vollständig zu verwischen. Der kleine Indianer mußte schon mit drei Jahren Russisch lernen, um gemeinsam mit der falschen Mutter eine falsche Identität zu demonstrieren, im Grunde aber nur, um die ganze Welt ins Unglück zu stürzen. Tatsächlich wußte er aber gar nichts, mußte alles aus dem Dunkel heraus raten, weil die Doctora – Gipfel der Bosheit – über all diese Dinge kein Wort verlor, als ob es sie gar nicht gäbe! Es war das Äußerste an Spürsinn, Einfühlung, mit allen Sinnen mußte er für die kleinsten Zeichen in dieser Richtung offen sein, verriet mir Meier damals. Das Wesen der Verschwörung war, daß sie universal war, im geheimen wirkte und zum unwiderruflichen Untergang führte.

Auch die Doctora glaubte an die Verschwörung. Aber es war nicht die, von der mir Meier erzählt hatte. Galina hatte

Schweiß auf der Stirn. Sie war mitten in ihrer Angst angekommen. Einer der wenigen, von dem sie, wenn auch nicht Verständnis für die Natur der Zusammenhänge, so doch Unterstützung und Anteilnahme erwarten konnte und durfte, saß hier, glaubte sie. Mochte Meier auch beschränkt sein, war er doch eine treue Seele, *ein treuer Hund,* wie das, glaube ich, auf russisch hieß. Auf der ganzen Welt wußten vielleicht nur zehn, zwölf Menschen, wie es war. Das Traurige an jener Erkenntnis blieb für mich, den auf diese Welt der Verschwörungen Gestoßenen, daß diese wenigen die Welt wohl nicht retten würden.

Die Doctora hatte Beweise, daß es so war, wie es war.

Es war alles so sehr verquickt, deutete sie an, daß schon das Durchleuchten eine Sisyphosarbeit war, wieviel mehr erst das Nacherzählen oder gar die Rettung. Zehn bis zwölf Menschen auf der ganzen Welt waren in der Lage dazu, schätzte sie ab.

Der Amerikaner, der eigentlich nur zum Angeln an den See und jetzt zum Plaudern mit Galina und mir gekommen war, nickte ermunternd. Aber es blieb unklar, ob er dieselbe Verschwörung meinte wie die Doctora. Man durfte nicht alles sagen und verraten. Wir waren uns einig, daß sich die Welt jetzt in einem besonders gefährlichen Augenblick befand.

Es ging um alles.

Ab und zu schaute sie sich um, als ob sie eine Explosion befürchtete, hörte mir aber weiter zu, als ob nichts wäre.

XXVII.

Fritz ist fort. Jetzt kommen Leute ins Haus und nehmen die Sachen, soviel sie tragen können. Die elektrischen Geräte. Die Sofas, auf denen einst schöne Jungen schliefen. Ein Magazin, ein Pornoheft für Anfänger, fast nur Bilder. Kommt in die Hände einer Frau, die nicht lesen kann und Söhne hat so alt wie in den Heften. Die Musikinstrumente, alles, was eine Band brauchte, die Gitarren, Schlagzeuge, ein paar Mal kamen sie und taten so, als ob sie üben wollten.

Die Ostseelandschaft nahm Mario mit. Als ich nach dem Bild fragte, hieß es, das sei nur ein billiger Druck gewesen, nur eine Kopie, die Kopie einer Landschaft, die Braque gemalt hatte. Ich werde nie wissen, was mit dem Bild war. Zweifellos, die Kälte Patagoniens hatte ihn an die Ostsee erinnert. Mehr hat er zu diesem Bild, auf dem ein Fischerboot dargestellt war, wie es hochkant und frontal in einem leeren Hafen lag, über dem – anscheinend zufällig – leere Netze übereinanderhingen, nicht gesagt. Nur, daß dies für ihn eine vertraute Szene war, gleichsam mit Leben gefüllt.

XXVIII.

Angesichts der Maul- und Klauenseuche sagte sie: bleib! Bleib! sagte sie.

Zu meiner Zeit stand noch in der Hansestadt Bremen der Roland in der Mitte der Stadt; und in der Mitte des Roland, etwa auf der Höhe der Lenden, unterhalb von Ave Maria und Requiem, die Gürtelschnalle, jene erstaunliche Gürtelschnalle mit dem singenden, dem musizierenden Engel; und hinter dem Engel, deckungsgleich, im Grund, das Geschlecht Rolands, aller Rolande dieser Welt, sein Gewehr, mein Gewehr, ein für allemal, ein Denkmal, zum Zeichen, woher wir rühren, daß wir aus Liebe sind. Mein Gewehr, meine Erbschaft, mein Testament. Ich, ein Kind mit Erbansprüchen, als Kind Karls des Großen mit meinen Erbansprüchen und mit meiner Erblast, mit allem, was mir zustand: So mußte ich Rosa gegen Ende meines Aufenthalts auch noch eröffnen, woher wir beide kamen. Zumindest versuchen mußte ich das.

Ich hatte die Tabelle bei mir und rechnete.

Anhand der Tabelle war klar, daß ich ein direkter Nachkomme, ein Kind Karls des Großen war und sein mußte. Das konnte ich mit Gewißheit an Rosa, die meine Einsicht ja ebenso betraf, weitergeben. Ich sagte es ihr, fügte freilich gleich mein *Halte mich nicht für verrückt!* hinzu. Ich fing ganz von vorne an: mit meinen Eltern, zwei Eltern, mit meinem Friedhof, Friedhof Unserem, seinen vier Großeltern und, an selber Stelle acht Ur-Groß--, immer noch, immer wieder: Eltern.

Was hast du? fragte sie, denn ich war mit einem Mal verstummt. Was ich habe? Nichts. Meine Entdeckung, daß mir die Krone gehörte, die Krone des Heiligen Römischen Reiches, mir, und nicht der Wiener Schatzkammer, daß ich ein Recht darauf hatte, diese Krone zu tragen, wann immer ich wollte, oder sie zu verschenken, ganz wie ich wollte, mit meiner Krone umzugehen, ohne verrückt sein zu müssen, oder auch auf die Krone zu scheißen, wann immer ich wollte. Wie sollte ich das Rosa erklären? Selbst auf die Grabkammern und ihren Inhalt hatte ich ein Recht. Ein unendliches Vermögen, ein unabsehbarer Besitz, der auf mir lastete: die Grabkammern all meiner Vorfahren gehörten mir.

Ausgerechnet auf diesem Friedhofshügel, unserem Liebesnest, lagen nur wenige von meinen Menschen, lag so gut wie nichts von mir, wenige Tote nur, mit denen ich meine Vorfahren teilte, aber kein einziger Mensch, von dem ich abstammte, dessen Kind ich war. Alle sie hätten, genau so wie ich, ihren Stammbaum einsehen, sich Gewißheit verschaffen können, woher sie waren, wenn auch nur durch ein Verfahren, das an den Glauben und den Unglauben grenzte. Die Einsicht, das Resultat war so unvorstellbar wie das ewige Leben als Paradies.

Man hat mir meine Gräber ausgeraubt. Immer wieder waren die Grabkammern geöffnet worden. Aus reiner Neugier. Das Grab meines Vaters Karl immer wieder. Zuerst von Otto, der im Gegensatz zu mir gar nicht von Karl abstammte. Er wollte nur sehen, was aus ihm geworden war, und hat ihn, aus einer gewissen Schadenfreude, einem gewissen Respekt, aber auch aus einer gewissen Enttäuschung, daß er fast nichts anhatte, nur noch Fetzen in Braun und Bräunlich, neu einkleiden lassen. Er lag in den Farben des Todes da, vor ihm ausgebreitet. Otto hat damals triumphiert: das war also der Beweis, daß er tot war, das Grab war gefüllt, gefüllt mit seinen traurigen Resten. Gut so. Aber jetzt noch eine Krone draufgesetzt, wenn auch nur den Reif aus Eisen, etwas Samt dazwischengeschoben, Samt auf den verblichenen Schädel des Alten. Mein armer Vorvater! Kaum dreieinhalb Jahrhunderte später kam Barbarossa und hat sich noch einmal Einblick verschafft, sage ich. Wer war Barbarossa? will sie wissen. Der Name gefiel ihr. Barbarossa? Ein Kaiser, ein Ertrunkener, ein Toter. Er kleidete ihn noch einmal ein, diesmal alles aus Gold, selbst die Nägel des Sarkophags aus schwerem Gold. – – – Das alles gehört mir! fiel mir wieder ein, einen Augenblick lang in der Geschichte versackt. War ich nicht der einzige, der seine Abstammung kannte und daraus Schlüsse zog, die normalerweise als verrückt gelten mußten? Ich als der einzige, der seine Väter und Mütter kannte, von denen er wußte und nicht wußte, die in ihm lebten wie immer, wie ein Hund, die tot waren in ihm, für immer. Darauf war ich gestoßen, auf diese Hunde-wie-Menschen-Gräber, auf mich. Ich sagte Rosa, daß sie dies verstehen müßte, wenn sie mich verstehen wollte, auch wenn sie und ich, wir, die Namen im einzelnen nicht kannten und kennen mußten. Daß es um uns ging, um unsere Herkunft und Zukunft, um unser vorläufiges, weiteres Überleben. Unsere Geburtstagsbriefe waren ja nur Ausgrenzungen der Umstände, unter denen ich und sie lebten. Verstand sie mich, verstanden wir uns? Unser Mundgeruch kam von tief unten. Wir wußten nicht, woher er kam, ein Geheimnis wie die Dinge, die unter dem Boden in meinen Gräbern vorgingen. Ein Mundgeruch war auch schnell vergessen, die Erinnerung hatte keine Präsenzpflicht. Aber jetzt vermischte sich ihr Mundgeruch mit ihren Fragen und meinen Antworten und meinem Mundgeruch. Sie fragte, warum wir *Licht der Welt* sagen. Kind! Wenn ich das wüßte!

Nichts als Vorfahren, die nichts als Vorfahren hatten, ich mit nichts als Vorfahren, sagte ich ihr. Ein kleines philosophisches Mitbringsel, als kleines *memento* meiner Erinnerung, ihr zuliebe diese kleine *Ouvertüre,* die das Generalthema, mein *memento,* meine Frage, meine Erinnerung, Erinnerungswunde, das Loch im Kopf auch nur andeutete. Andeutungsweise: memento, memoire, mori, mourire, mousse au chocolat, latoflex, Placentubex C, Vitamin C, Leben. Ich spielte mit Wörtern und meiner Vermutung, welche Wörter sie schon kannte, kennen könnte, andeutungsweise. Schließlich gehörte sie der *Romania* an, auch hier unten noch, jenem weiten Feld, wo sterben nichts weiter als *mori* heißt, eine Ableitung von *mori* ist, das sich auch in *bleiben* verwandeln kann, je nachdem, wie gut *du* Latein kannst. Es bleiben: die Toten, die Erinnerungen, die Überlebenden. Es bleiben nicht: die Kinder, die Kinderbilder, die Schwalben. Rosa lacht, aber ich schwindle.

Kehren wir zurück?

Wir legten uns noch schnell in den Windschatten, ich sah eine Weile nur noch rotlackierte Fuß- und Fingernägel über mir. Ein Rot, das recht hatte, immer wieder recht bekam, und ich war drinnen und draußen. Schließlich waren wir auf dem Friedhof, der sich neben der Höhle zu unserem Treffpunkt gemausert hatte, und irgendwann mußten wir doch zurückkehren, das Essen wartete. Ich war dabei gewesen, ihr und uns zu erzählen, woher wir kamen, ein Versuch. Was mit uns war, weiß ich bis heute nicht.

Mein Schmerz, ein Schmerz, der ein Schatten ist.

Dir zulieb muß ich mich erinnern.

Erst einmal mußte ich ihr Karl den Großen erklären. Erst einmal den Hosenstall zurechtgerückt und weiter in der Geschichte: der Fall Pyrrhus lag ähnlich, erklärte ich. Erst die Nebenbuhler ausgebootet, dann per Elephant in den Sieg, ein Pyrrhussieg, die Arme der Frauen, die Nachkommen, sieh mich an! Ich mußte ihr nun nicht mehr verdeutlichen, aus welcher Geschichte der Zusatz *der Große* stammte. Karl der Große, sein Harem, seine Frauen Gisela, Gislinde, Berengaria, und wie sie alle hießen, seine (durch Barbarossa erzwungene) Heiligsprechung … Aber ich hätte auch mit Pyrrhus dem Großen anfangen können. Was weiß ich von Pyrrhus, außer, daß ich von ihm abstamme, in gerader Linie? Karl der Große – ein Augenzwinkern, und schon hatte Rosa alles verstanden.

Deine Urgroßmutter hatte sechzehn Kinder, von denen allein drei nach dem seligen oder heiligen Laurentius von Schnüffis getauft worden waren. Erst der dritte Laurentius überlebte, um dein Urgroßvater zu werden, sagte ich mir. Sechzehn Kinder! Ich sagte Rosa, daß man heute schon vier Nachkömmlinge ungestraft als *Wurf* bezeichnen dürfe.

Sogar mit H. bist du verwandt, wenn auch nur *weitschichtig.* Es hatte keinen Zweck, ihr auch noch diesen Namen auseinanderzulegen. Nicht einmal den Namen des Weltberühmten hatte sie gehört. Jetzt erfuhr sie von mir, daß sie mit ihm auch noch verwandt war. In einer Minute erklärte ich ihr, was Philosophie heißt, und auch die genealogische Beziehung, welche von einer gemeinsamen Mutterfigur herrührte, Lina Muffler aus Schwackenreute, die 1811 gestorben ist, du, ich und dieser Mensch können uns auf diese gemeinsame Tote zurückführen. Vom Verkauf der Briefe, die er an meinen Großvater schrieb, kann ich heute meine Schulden bezahlen, Rosa. Hatte es einen Sinn, sie in all dies hineinzuziehen?

Es hätte schon genügt, Rosa klarzumachen, daß bei einem derart beschränkten Teilnehmerkreis von etwa 1000 im Zehn-Kilometer-Radius um Schwackenreute angesiedelten geschlechtsreifen und an diesem Verkehr teilnehmenden, nie in die Welt gekommenen, immer noch: Menschen, *jeder von jedem abstammt,* wie man vereinfachend sagt. Trotz der allgemein betriebenen Unzucht und Inzucht, die immer wieder zum Ausfall von Vormüttern führten, welche immer wieder in sich selbst zusammenfielen und den prächtigen Stammbaum schrumpfen ließen, war es selbstverständlich, gebot schon der Verstand, daß wir miteinander verwandt waren, auch wenn wir dies gar nicht aus den Akten wußten.

Zwei Eltern, vier Großeltern, acht Urgroßeltern, 16 Ururgroßeltern, 32 Urururgroßeltern: im Jahr von Linas Geburt hattest du schon 256 Mütter und 256 Väter, immer gleich viel Mütter wie Väter. Noch eine Null dran, und du kannst sagen, daß du von allen abstammst, herrührst, weiterdämmerst: Väter-Mütter, Väter-Mütter, Väter-Mütter...

Ich habe die Schweizertante nie gesehen. Rosa hat sie auch nie gesehen. Ihre Urgroßmutter war lange tot. Wir saßen ganz für uns, die Genealogie ausgefallen, bis auf zwei, drei noch lebende Vorfahren war alles tot. Alles tot, wir nur Reste am Ende einer nicht abreißenden Linie, die fast komplett dem Totenreich angehörte. Wir, fast ausgebrannt, wir, an der Stelle des Glimmens eines Fadens. Nur ich und du leben, sind am Leben, leben noch. Die anderen sind im Universum, in uns, alle tot, nur ich und du und unsere Erinnerung, Müllers Kuh ...

Wir hätten zum Mittagessen zurückgehen müssen, aber ich war auf Müllers Kuh gestoßen, hing an ihrem Seil mit allen, blutsverwandt. Abraham a Sancta Clara, noch ein Name, der spanisch klang. Die gemeinsame Mutter um 1650 aus einer Zahl von bis dahin 4096 Müttern. Er teilt mit seinen an der Pest gestorbenen Brüdern eine Gruft. Zu Fuß nach Wien ... unbeschuhte Augustiner-Eremiten. *Ich bet' für Dich! Behüt' Dich Gott aus Kreenheinstetten.* Unbeschuht, barfüßig, ab nach Wien. Ein Leben auf der Kanzel, dann die Gruft der Unbeschuhten Augustiner, Pater Abraham, eingekalkt, 1709 ein Pestjahr, Maul- und Klauenseuche, sage ich zu Rosa, damit sie mich versteht.

Zur Zeit der Entdeckung Amerikas hattest du 128000 Väter und ebenso viele Mütter, einige davon wurden als Hexen verbrannt. Die Erinnerung ist untergetaucht, aber alles tut weh vom Gehen. Der unbekannte Soldat, auch er war von dir, du kannst ihn zu deinen Vorvätern rechnen, Vater zu ihm sagen. Als mein Vater Karl gegen meine sächsischen Väter zog, gegen meine Millionen ... Ein abscheuliches Zahlenspiel. Ich hörte auf mit dem Zählen. Ich wußte nun, woher ich gekommen war, und konnte mir denken, wo es hinging. Zunächst: das Mittagessen wartet auf mich. Das patagonische Schnitzel, kaum paniert, viel Fleisch, mein gefräßiges Maul, die scharfe Chilisoße dazu, alles in jene dunkle Richtung. Zum Abschluß Rosa. Mit einer Gier sondergleichen machte ich mich über sie und ihr Fleisch her.

Ich werde zurückkehren und mit all meinen Feinden verschmelzen.

Schmerz, mein Schmerz, Mutter meiner Erinnerung.

Es ist an der Zeit, daß wir unseren Namen preisgeben. Für wen halten uns die Leute?

: Du heißt Rosa, Rosa Schwanz heißt du, nach deinem Vater, einem Schwanz wie ich. Wir alle stammen von jenem Schwanz ab, der aus Tirol in unser Haus kam, nur ein Müllersknecht.

Das ist die Wahrheit.

Nun konnte ich Rosa verraten, daß man schon in Chile über mich gelacht hatte, als ich als Ziel meiner Reise *Pico Grande* nannte, wörtlich übersetzt: *Groß-Spitz*, metaphorisch: *Groß-Schwanz*, etwa so als deutsches Bild. Rosa wußte weder, daß man in Chile jenen Teil, der bei uns topographisch-metaphorisch *Schwanz* genannt wird, als *pico* bezeichnet. Noch wußte sie, daß die Schwanz-Familie, die Schwanz-Seite (die Mutter war ja eine Indianerin), auf die sie sich so stolz berief, zu Hause nur ein Gelächter eintrug. Ganz zu schweigen von ihrem vollständigen Namen.

Am Tag zuvor war ich gerade fünfunddreißig Jahre alt geworden und war bis dahin exakt 300000mal errötet, nur wenige Male meines Namens wegen. Im Grunde erschrak ich nur deshalb, weil ich *Schwanz* gerufen wurde, weil man einfach *Schwanz* zu mir sagte, *Schwanz*, schon in der Schule war ich nur *der Schwanz* und sonst nichts.

Schwanz in die Ecke! Schwanz an die Wand! Beim Fußball wurde ich immer als erster vom Platz gepfiffen: *Schwanz raus! Schwanz raus! Schwanz raus!* brüllte es von den Rängen. In alle Ewigkeit werde ich als Schwanz durch die Welt laufen müssen.

XXIX.

Auf Feuerland war ich nie. Ich stand nur einmal an der Magellanstraße, hinüberschauend, ganz in der Ferne sah ich Feuerland – ein Strich in meiner Landschaft, mehr nicht. Magellanstraße hieß dieser Teil von der Welt, das Wasser konnte nichts dafür. Cabo Virgenes: nach der heiligen Ursula und ihren 11000 Jungfrauen. Ich weiß nicht, ob Magellan noch daran glaubte, aber am Fest dieser Unzahl von sonderbaren Heiligen stieß er auf diese Stelle, auf dieses Kap an der Südspitze Amerikas vis-à-vis von Feuerland.

Mein Blick hinüber. Ich war nur ein Ausflügler. Schwarzweiße Pinguine waren es, die Rosa sehen wollte. Aufgeregt watschelten sie davon, kaum daß wir sie erblickt hatten. Heute sind sie wahrscheinlich schon tot, alle, auch die damals noch gar nicht ausgebrüteten. Tot – – – oder gar nicht erst ausgeschlüpft.

An dieser Stelle fiel mir Moses ein. Schwamm über die Geschichte. Es war nur ein Ausflug.

Auf dem Rückweg wurde kaum gesprochen. Rosa war so mundfaul, daß sie den Fahrer von Zeit zu Zeit auf den rechten Handrücken schlug, zum Zeichen, daß er vom dritten auf den vierten Gang schalten sollte, schließlich saßen wir in ihrem Fahrzeug. Das war alles. Außerdem haben wir noch ein Schaf angefahren, zwei Schafe, die uns ins Schleudern brachten und beinahe auf den Kopf gestellt hätten. Wir kamen zu stehen, sahen uns an, ob alles in Ordnung war mit uns und dem Wagen, wir tasteten uns ab. Nur ein paar Schrammen.

Aber da lagen noch die Schafe auf der Fahrbahn, zwei Schafe, Mutter und Kind. Wir wußten erst nicht, ob wir einfach weiterfahren sollten, zwei Schafe zählen ja nicht. Aber sie lebten noch. Erst das Kleine, dann die Mutter, die vor sich hinstierte, wahrscheinlich alle Knochen gebrochen hatte und gerade dabei war, von innen her zu verbluten ... *Scheiße,* sagte ich an der Stelle von *Ach Gott!* und *Du lieber Himmel* vor mich hin, ein Stoßgebet, scheiße, scheiße. Als ob alles darauf hinauslaufen müßte.

Der Todesfahrer, der zudem ein Chirurg war, solle das Töten übernehmen, während die zwei Frauen etwas abseits hinter dem Auto warten sollten – – – oder die Zeit für ihr Geschäft nutzen, schlug ich etwas kopflos vor.

Du bist Chirurg! befahl ich.

Aber ich bin doch kein Metzger! antwortete er eingeschnappt und überheblich.

Du kommst doch vom Land! Mach du! herrschte er mich an.

Töte du! verlangten auch die zwei Frauen von mir.

Aber dann haben wir uns gefangen. Dann haben wir alle zusammengeholfen. Die eine trug den Stein herbei, den der andere verlangt hatte. Ich hielt den Kopf, die andere rückte ihn zurecht. Erst das Kleine. Die Tiere waren uns nicht so fremd wie die Pinguine. Wir wußten in etwa, wo ihre Adern verliefen, wo wir schneiden mußten. Erst der Schlag, *flash!,* Schlußbild. Jetzt das Messer, ein einfaches Schweizer Taschenmesser, das Norm-Messer, mit dem wir uns beim Picknick das Brot vom Laib schnitten. Dann das Alte. Als alles tot war, zogen wir die beiden zur Seite, auf die Seite gelegt, sah man ihnen fast nichts an, sie hätten so auch leben können, nur etwas Blut aus Maul und Ohren, das sich seine Bahn durch den dichten Schafspelz suchte, hellrotes Blut. Wir hätten es doch nicht fertiggebracht, diese Lebewesen, die uns noch wie Sterbende anstarrten, einfach liegen zu lassen. So zogen wir die beiden zur Seite und ließen sie nebeneinander an Ort und Stelle. Der Wagen war noch fahrtüchtig. Mit einer von niemand bemerkten Verspätung kamen wir in Pico Grande an.

XXX.

Sie wollten mir etwas zeigen, die restliche Zeit noch füllen, sie schleppten mich in einen Dia-Abend, ganz wie zu Hause, heimatlos, ein fahrender Geselle, mit seinen Bildern nach Patagonien abgedrängt. Hätten es Bilder von mir sein sollen, von zu Hause, von meinen Frauen und Kindern, von meinen sich verlierenden Vorfahren und Vormenschen? Doch ich kam nicht mit ihnen. Aber dann trat an meiner Stelle ein anderer fahrender Geselle auf, ein verhauenes Gesicht, eine Erscheinung wie ein Vileda-wischlappen, doch die Leute klatschten, sie wollten Bilder sehen.

Ich war noch drei Tage hier, driftete wie ein Beiboot auf Wasserfall und Abreise zu. Ich war hier, erinnere ich mich einer Weisheit vom Klo. Zuletzt wußten sie aber nichts mehr mit mir anzufangen, sie schleppten mich ins Klubgebäude, um die Zeit zu vertreiben, ganz so, wie ich es zu Hause mit meinen Gästen machte, die ich ins Kino mitnahm.

Er war der letzte Mensch, den ich in Pico Grande kennenlernte. Wie hatte er hierher gefunden? War er vermittelt worden, oder hatte er es aufgespürt? Gesagt bekommen: da leben auch noch welche, zu denen kannst du noch, die haben dich noch nicht gesehen, denen kannst du zeigen, was du willst? Und er machte sich den Weg durch die Massen frei, ein kleiner Sprung, und schon war er auf dem Tanzboden, und seine Assistentin (Gottes Ebenbild) war auch schon vorgestellt und beklatscht: Nun hörte ich *Rio de Janeiro, Santiago de Chile, Montevideo, Buenos Aires* und *Paris* heraus. Er nuschelte gekonnt, sie aber hatte mit einigen Handbewegungen gegen das Publikum hin und vom Publikum weg schon die Leinwand entrollt. Der Friedhof war mir gezeigt worden, die numerierten Seen hatte ich hinter mir, die Maul- und Klauenseuche, und die

Assistentin gab ein Zeichen zum Klatschen. Sie machte es vor, ein heftiges Lächeln stand in ihrem Gesicht, die weißlackierten Schuhe ihres Meisters erinnerten mich an Meier, mit dem ich zum Fußballspiel nach Bariloche gefahren war und der mit mir über die möglichen Daten des Endes der Welt spekulierte, sich im Wissen wiegend, daß er dies nicht mehr erleben müsse.

Sie war in Rosa getaucht, ging in Rosa unter, alles an ihr glitzerte, ein Mensch, der sich selbst abhanden gekommen war, so das Bild des Abends. Sie schleppte den Zeigestab hinter ihm her, er eilte zum Apparat, einem vieleckigen Monstrum. Totenstille, denn mit einer einzigen Handbewegung über die Köpfe hinweg hatte sich der kleine Mann schon von Anfang an Ruhe verschafft. Er gebot über sie. Auftritte im Zoo und beim Militär waren wohl vorausgegangen.

Sie ging mit dem Hut herum, kam zu mir, sah mir ins Gesicht, doch sie ließ mich nicht aufkommen, schließlich kam sie aus Rio, Santiago, Montevideo und von überall her, während ich von nirgendwo kam. Sie zählte mich zu denen, die nicht zählen.

Schade um dich, du warst nie in Paris, du wirst Paris nie sehen, so schaute sie mich an. Sogleich wurde sie wieder energisch, rückte ihre Mähne zurecht, kam in der Gegenwart an: Es soll jetzt losgehen! *Señores! El Maestro!* Eine leere Stimme, ein leeres Grab, doch sie machten ein Fest aus sich, ganz weiß, ganz rosa. Er hatte ein unbestimmbares Alter erreicht. Alles an ihm glänzte in einem letzten Stadium der Zerknitterung, während sie mich an einen bösen Witz erinnerte: so alt, wie du aussiehst, kannst du gar nicht werden … Ganz selbständig, sie läuft schon, sie weist die Hand von Tante Lotte zurück, sie macht schon Anstalten zu ganzen Sätzen, aber jetzt hat sie den Faden verloren, kann sich, dachte ich, an den Anfang nicht mehr erinnern.

Eine Art Partnerlook, die fehlenden Zähne bei ihr und bei ihm an derselben Stelle. Sie hatte den Mangel großzügig ausgeglichen, mehr als ausgeglichen, wettgemacht durch ein hinreißendes Rot auf den Lippen, ein zerfließendes Rot wie in den Filmen einer anderen, besseren Zeit. Er durch eine Moustache. Selber Ort, selbe Zeit.

Dann das erste Bild. Ich hatte mir sagen lassen: ein Vortrag über den Kongo, von den Negern. Er versicherte gleich beim ersten Bild, daß er es selbst aufgenommen habe. Die Vorgeschichte des Bildes war schnell erzählt, wenn auch kompliziert. Er berichtete von der abenteuerlichen Hinreise und dann auch davon, wie es ihm gelang, wieder zu entkommen. Schon die Ausführungen zum ersten Bild waren vom Entsetzen der Zuhörer gezeichnet. Als der erste Neger zu sehen war und zum ersten Mal das Wort *Menschenfresser* fiel, mußte ich, um *meinem* Entsetzen zu entkommen, in das damals abgebrochene Programm des autogenen Trainings fliehen, und ich wählte irgendein Wort zur Beruhigung, das mir einfiel, und ich sagte lautlos und litaneiartig *ichtys, der Fisch – – – puella, das Mädchen* vor mich hin: Ichtys, der Fisch – – – puella, das Mädchen. Die fast vollständig erschienene Einwohnerschaft von Pico Grande hatte sich tatsächlich schon vom ersten Bild berauschen lassen, das einen Schwarzen zeigte, der in Kriegsschmuck und bunter Bemalung die Besucher des Lichtbildervortrages anstarrte, während ich unsinnige Sätze vor mich hinsagte, wie *Ich esse gern Verkochtes,* was im Hinblick auf den falschen Menschenfresser doppelt unsinnig war. Genüßlich hatte die Eine die Gesichter gelesen. Die Begierde, die schon das erste Bild auslöste, würde ihr gelten. Sie würde profitieren, die Lust abkassieren, absahnen. Es genügte schon ein gefärbtes Haar. Im Mai war man vielleicht schon in Feuerland. Die Bilder aus Afrika, den Kriegsschmuck, die bunte Bemalung konnte ich mir nicht erklären, vorerst nicht erklären. Der Vortrags-Reisende, der in der Pension von Marquez, im Stall von Marquez, Stall von Pico Grande untergekommen war, erklärte seinerseits die Geschichte seiner abenteuerlichen Reise, die Jacht, die Tage der Überfahrt, die Ankunft in Accra, die weiteren Stationen Lome, Cotonu, Lagos. Schließlich den Niger hinauf bis nach Timbuktu und wieder hinab nach Kulikoro und Bamako, denn der Niger verläuft wie der Arsch der Venus, erklärte er den staunenden Zuhörern, zuerst den Männern von Pico Grande. *Ganz wie zu Hause* – – – aber ich war niemals bei Menschenfressern zu Besuch. Meine Reisenden kamen vom Volksbildungswerk. Sie waren mit Lichtbildern von der Blauen Grotte unterwegs. Sie zeigten mir, wie die kleinen Boote mit der bloßen Hand durch ein Loch in die Blaue Grotte geschubst wurden, während die anderen mit geduckten Köpfen schon in unsichtbarer Bläue verschwunden waren. Denn Photographieren war in der Blauen Grotte verboten. Mir wurden nur Bilder von hemmungslosen Italienern gezeigt, die mit geöffneter Hand *eine kleine Spende für den Matrosen* verlangten. Mein erster Matrose – – – Unerreichbar nah war alles, was mir den Winter über vom Volksbildungswerk im Nebenzimmer der Gastwirtschaft gezeigt wurde. Alles, was mich traf und von außen und weit weg in mich hineinstieß, war unerreichbar nah, aber die Anden tauchten an diesem Horizont nicht auf, niemals kam ein Lichtbildreisender mit den Anden zu mir, kein Lichtbildreisender – – – nur Briefe und Photos in Schwarzweiß von meinem Onkel. Aufgestachelt und erregt war ich schon durch die Bilder vom Eingang der Blauen Grotte, vom Grottenloch, vom Zauber des nicht photographierbaren Nordlichts, von Spitzbergen und den Wäscheseiten aus dem Neckermannkatalog. Jetzt dies. Kurz vor dem Ende: dies. Ein Schwanz wie ein Pferd, ein richtiger Pferdeschwanz, kein Vergleich mit den einheimischen Pferden, ihren Gauchos und ihren Gewehren, die zu den Lichtbildern angeritten kamen und sich in der Masse der angerittenen oder angeschlurften Unglücksraben, ihren Lenden, ihren hängenden, ihren wachsenden, ihren milchtreibenden Brüsten verloren.

Die Bilder liefen nacheinander ab. Der Meister schlug energisch mit seinem Stock, und die Schwanzbilder wechselten mit Menschenfresserbildern, gelegentlich trat das eine, dann das andere in den Vordergrund, gelegentlich beides zugleich. Immer Frauen in Rand und Schatten, verheerende Bilder, wenn auch verwackelt und somit entschärft. Eine Gänsehaut überzog Pico Grande. Die Zuschauer des schrecklichen Geschehens waren erleichtert, als ihnen unser Maestro versicherte, das Ganze habe sich so gut wie am (anderen) Ende der Welt abgespielt. Wahrscheinlich waren die Photos ohnehin gestellt, vom Maestro in Buenos Aires aufgetrieben. Aber ich wollte meinen Verwandten, meinen Lieben, meinen Indianern, den Glauben an den Schrecken nicht nehmen, ihnen die gräßlichen Bilder, von denen sie noch lange zehren würden, nicht verderben. Ich mußte ihnen ihre Aufschreie lassen, ihr Entsetzen, ihr Bier, ich konnte und wollte sie nicht um dies alles bringen ... Ich wollte ihnen kein Unmensch sein, enthielt ihnen also vor, daß es vor hundert Jahren bei ihnen genauso war, daß dann aber Eindringlinge kamen, die sie um alles betrogen: den Kindern den Spielknochen wegnahmen, den Erwachsenen die gegrillte Hand, den Liebespaaren das Blutbad, und alles. Man hatte ihr Land und ihr Leben verzäunt, ihr Fleisch und Blut, sie darin eingesperrt, sie, eine Mischung aus Eindringlingen und Nomaden, aus Mördern und Menschenfressern. Sag ihnen, sie sollen jetzt nach Hause gehen.

Doch es ging noch weiter. Die Bilder gingen aus, aber der Meister ließ seine Assistentin hinter einen Vorhang gehen. Der Vorhang fiel, auf dem Tisch lagen Kassettenrecorder und andere elektrische Geräte. Es gab noch keinen Strom, aber die Dinge erregten großes Interesse. Der

Meister sagte, sie könnten im voraus kaufen, *was man hat, hat man,* sagte er auf spanisch und tat schon beleidigt, als sich keine Hand rührte. Die Dinge waren wohl gebraucht, aber sie glänzten doch. Und dann wurden noch aufheizbare Bettdecken gezeigt. Er konnte die Sachen leider nicht vorführen, aber mit Händen und Füßen erklären. Er machte ihnen vor, was für ein Segen eine aufheizbare Bettdecke war und sein würde.

Und der Rasenmäher? Wo war das Gras?

Es war alles ganz wie zu Hause.

Ich wollte auf der Stelle weg von hier. Diesmal, wenn möglich, ins Nirwana oder in ein anderes Niemandsland, anderes Ende der Welt.

Als alles vorbei war, wurde ich durch Rosa noch dem Maestro vorgestellt. Ich wurde ihm gezeigt. Ich sollte mich mit ihm über Europa und Afrika unterhalten, über unsere Gemeinsamkeiten und alles, was wir gesehen hatten. Er war zweifellos ein gebildeter Mensch, seine Assistentin auch, weitgereist, etwas Besonderes, ich gab Rosa recht. Er und ich, wir waren die einzigen, die etwas gesehen hatten von der Welt, die Mammutzähne, Schrumpfköpfe, Buschneger, Menschenfresser, alles. Doch bald merkte ich, daß es andere Buschneger, Mammutzähne, Schrumpfköpfe, Menschenfresser waren als meine.

Übermorgen geht er zurück nach Europa! warf Rosa ein.

Übermorgen geht es zurück nach Europa, wiederholte er.

Sagte mir, daß er jetzt müde sei und ins Hotel müsse. Nichts hatte er verkauft. Ich lud ihn auf einen Mendoza ein, aber er zog sich zurück, formvollendet wie nur ein Herr von Welt am Ende eines langen Lebens.

XXXI.

Und schon hatte ich wieder die Gegenrichtung eingeschlagen. Am Ende muß ich Grabführer spielen, zeige mit dem Finger auf das Grab des Philosophen. Mein Onkel war ein Philosoph, ich weiß. Ich tue so, als ob das Unbegreifliche begreiflich wäre, so, wie der Verstorbene es getan hat vor mir.

Chico ist einer der letzten Indianer, soll jetzt gelähmt in seiner Hütte liegen. Er will sich umbringen, hörte ich, und weiß nicht, wie.

Die 97 Jahre alte Schwester von Tante Lys, eine ganz brüchige Verbindung zum Anfang der Geschichte, starb als erste. Ich hörte, wie sie als Kind, als Inventar ihrer viel älteren Schwester Lys, die mein Onkel aus Mitleid geheiratet hatte, auf der Estancia *Las Plumas* landete. Ich sah sie noch, wie sie am Morgen auf die Terrasse geschoben wurde und im hölzernen Rollstuhl, den sie von ihrer Schwester geerbt hatte, den Tag verbrachte. Sprechen konnte sie nicht mehr und äußern auch nichts, schon gar nichts Schweizerisches. Gelegentlich öffnete sie noch so den Mund, als ob sie anfangen wollte zu jodeln.

Wie ihre Auswanderung endete, weiß nun jeder. Aber ich weiß nicht, wer sie zuerst so im Bett liegen sah. Man schämte sich für dieses Alter, das den Tod schon fast übersprungen hatte. Es hieß, daß sie in den vergangenen Jahrzehnten nur noch von Todesanzeigen gelebt hatte, die sie sich aus der Provinzzeitung vorlesen ließ, die einmal im Monat voller Todesanzeigen erschien. Die Trauernden hatten das Gefühl, etwas Überflüssiges zu tun. Wozu trauern? Dennoch mußte die Tote begraben werden. Das Ganze mußte auch noch in die Provinzzeitung. Ein fünfundsiebzigjähriger Sohn glaubte sich nun im Aufwind: jetzt fängt das richtige Leben an. Eine nie gekannte Verwandtschaft zu Don Quichotte. Den Namen hatte er vielleicht noch nicht gehört, aber sonst war alles so oder ähnlich.

Die Umstände verlangten auch noch einen Trauerbrief. Aber Fritz fand die richtigen Worte nicht. Weil er die rechten Worte nicht fand, legte er einen Geldschein in den wattierten Umschlag (für Blumen). Ich denke sehr an Sie! schrieb er an einen Fünfundsiebzigjährigen!

Je mehr sich ihr Ende hinausgezögert hatte, desto unmöglicher wurde es. Die Enkel lachten, der Sohn zupfte an seinem Anzug herum, die Schwiegertochter? Der Zug setzte sich in Bewegung. Bald war man am frisch ausgehobenen Grabloch und wieder zu Hause. Sie konnten den Tod nicht gestalten. Sie hatten keine Friedhofskultur. Der Friedhof war ja nur ein Sammelbecken, beim ersten Regen schon überschwemmt. Ganz am Anfang, als der erste Mensch gestorben war, als der erste Einwanderer unter den Boden gebracht werden mußte, nahm man dieses Grundstück. Es war das schlechteste von allen, für nichts zu gebrauchen, ein richtiger Gottesacker.

Ich zählte mir auf, wer sich um mich herum schon alles das Leben genommen hat.

Als ich Galina zum letzten Mal besuchte, war sie gerade aus Buenos Aires zurückgekehrt. Sie wußte schon von der Siebenundneunzigjährigen. Wir mußten nicht mehr darüber sprechen. Aber sie hatte Tarkowskij getroffen, der auch im Ausland lebte wie sie, gelebt hatte, denn er war gerade an einem unheilbaren Geschwür gestorben. Verstehen Sie? Sie erzählte mir von Andrej Rubljow, wissen Sie, da steht eine Frau im Wasser, nackt, eine Hexe, da wird sie hineingetrieben. Sie soll darin ertrinken, aber dann wird sie an einer anderen Stelle wieder herausgefischt, an Land gezogen und gleich vergewaltigt. Und dann verschwimmt das Bild. Es hat sich in den Mönch hineingefressen. Da ist ein Mönch, Andrej Rubljow, ein Maler, er will malen, er will lieben, er will retten, wissen Sie, nackt, eine Hexe, er will sie erlösen. Er liebt seinen Gott und die Frau, die er gesehen hat, die Hexe, wenn er die Wälder durchstreift und das Mittagsgespenst über dem großen Fluß flimmert, der Dämon, das Spiegelbild, mit ihm wandernd, der Schatten, jedesmal zur selben Stunde, Blut und Wasser, Wasser und Blut, wissen Sie, alles schwarzweiß, das Ganze ein Schwarzweißfilm.

Ich sah sie nicht wieder.

Und auch Mario fiel bald danach aus. Ich weiß nicht warum, eine Liebesgeschichte. Mario und Patricia hatten eine Zeitlang neben mir hergelebt, mehr weiß ich nicht. Daß er sie erschossen hat, erschossen haben soll, da ruht sie nun auf unserem Familienfriedhof, der Stelle, die mir zur liebsten auf meiner Reise geworden ist. Galina kann jetzt mit keinem mehr Russisch sprechen. *Mein Herz blieb stehen*, sagte sie, etwas übertreibend. Es war ihr so, als ob sie von einem obersten Stockwerk hinuntergefallen wäre. Man muß ja nicht immer gleich tot sein. Tot war kein Wort mehr, es war nicht mehr wert als erinnern, nachtblau, Winterkleid.

Und jetzt kann ich mich noch einmal auf das berufen, was mir mein Onkel schrieb, in seinem letzten Brief. Er schrieb: *Ich stürze auf seinen Abschiedsbrief, ich lese: macht nichts, auf spanisch, er dichtete, wenn es blutete, wenn es blutete, sollte immer noch ein kleines Heftpflaster helfen, unsere Mutter, die ihm sagt, daß es halb so schlimm ist, war und sein wird und ihm die Haare aus dem Gesicht streicht.*

Ich gab ihm ja recht, aber auch sein Grabstein, den ich sah, der mir gefiel, ein wunderschöner Grabstein, den ich von Anfang an mit Pico Grande verbinde, war doch nur der Beweis, daß einer tot war.

Und Onkel selbst?

Da war das liebe Lebewesen, wie es vor mir stand: ein

Hochzeitsbild. Und dann, mit einer gewissen Verzögerung, wie er vor mir liegt: im Hochzeits- und Totenbett. Alles nur Photos.

Da kam ein Brief zurück: *fallecido* (»Verschieden«).

Endet so eine Auswanderung?

Mich zerriß es vor Schmerz, daß es mich nicht vor Schmerz zerriß.

Ferner Osten – – – vielleicht konnte er sich nach Hause durchschlagen, zurück zu seinen Indianern und Kinderspielen.

Der Brief sagte mir, daß mein Onkel gestorben sei: *fallecido*. Es war mein Brief, der zurückkam, weil der Empfänger verstorben war. Es war jener Brief, den ich abfangen wollte, der Onkel meine Ankunft melden sollte. Als ich von meiner Weltreise zurückkam, lag er unter der Post, ungeöffnet zurückgeschickt mit dem Vermerk *verschieden*. Das wußte ich schon lange. Mehr erfuhr ich auch nicht. In Pico Grande hat man mir gesagt, daß er noch genickt habe. *Ja* sagen habe er noch gewollt.

Rosa, die schon vor meiner Zeit von einer Sekte aus Nordamerika bekehrt worden war, hatte sich auf die Nachricht hin, daß es bei Onkel auf das Ende zugehe, an sein Bett gesetzt und ihm gesagt, daß er einen wunderschönen Tag vor sich habe: Schon in zwei Stunden oder noch früher könne er im Paradies sein. Ein frisch ausgeschütteltes Kopfkissen bekam er nicht, aber die Zusage, vielleicht in zwei Stunden schon Jesus persönlich vorgestellt zu werden. Es war niemand da, kein Mensch, dem er ein Zeichen geben konnte, daß er dies nicht wolle, daß er hierbleiben wolle, und sei es nur für ein einziges Mal noch.

Es ging nicht voran. Doch dann verpaßte Rosa den entscheidenden Augenblick. Sie hatte beim Kurs *Richtig sterben* gelernt, daß sie dem Sterbenden dabei ganz heftig ins

Gesicht lächeln müsse. Aber mein Onkel starb, und es konnte nicht mehr festgestellt werden, wann er gestorben war.

Alle anderen verfolgten Rosas Rettungsaktion am Rande. Jetzt standen sie um einen Toten herum. Das alles hatte sich in einem gewöhnlichen Bett abgespielt.

XXXII.

Ich stand schon an einem der Busbahnhöfe irgendwo in der Provinz, zum Umsteigen, auf dem Weg nach Buenos Aires nach Hause. Da sah ich noch eine Dicke, wie sie an der Peripherie meines Weges saß. Sie hatte wohl nicht immer etwas Richtiges zu essen. Hier hungerte man nicht wie anderswo. Ein Stück Fleisch gab es immer. Auch Freunde, aber alles immer sehr einseitig. Die Armut, ihre Armut. Ich sah, sie hatte abgenagte Fingernägel. Nicht unbedingt ein Zeichen von Hunger, aber ein aufgewühlter Mensch.

Da entdeckte ich zwischen diesen Bussen, Kisten, Plastikkoffern und Reisenden meinen Maestro und seine Assistentin. Sie wollten mich nicht gleich erkennen, unter so vielen Menschen, aber dann gab ich ihr das Stichwort *Pico Grande*. Und schon begrüßten sie mich wie einen alten Bekannten oder einen Freund, es war wie ein Wiedersehen zu Hause nach einer langen Zeit in der Welt. Der Maestro nickte müde, so wie einer, der alles weiß, mit dem man nicht mehr sprechen muß. Er ist heiser und muß sich schonen, sagte die Assistentin. Ein rosaroter Schal grenzte ihn von den anderen ab.

Es folgte eine dieser Weiterreisen bei Nacht. Schenkel an Schenkel, nur etwas Viscose und Ersatzseide dazwischen. Noch bevor es ganz dunkel war, hatte sie schon begonnen, mir ihr Leben zu erzählen, das sich von nun an für immer mit ihrem Parfüm und ihrem Körpergeruch vermischte.

Ihre Nähe und *cellulitis alimentosa* warf mich erinnerungsweise nach Rom zurück. Dort hatte ich beobachten können, wie sich der Frotteurismus als Sonderform der Liebe in der *Ewigen Stadt* entwickelt hatte. Jetzt war sie wieder unterwegs in die Stadt, wo sie ihr Geld mit Männern verdienen wollte. Verstand ich sie recht? War sie eine Hure? Kurz vor dem Ziel schreckte sie auf. Wo sind wir? An der Peripherie von Buenos Aires, so gut wie am Ziel. Ihr Gesicht war zerknittert vom Schlaf, den grobgewobenen Poncho, den ich als Geschenk aus Pico Grande mitschleppte, hatte ich gegen die kühle Nacht um meine Schultern gelegt. Er zeichnete sich um ihre Halsgegend ab. Noch gar nicht wach, sprach sie von den Schafen und dem traurigen Reichtum des Südens, daß auf hundert Schafe nicht einmal ein halber Mensch komme und so weiter. Kennen Sie Pico Grande? Es war für sie der traurigste Ort auf der Welt. Waren wir uns einig?

XXXIII.

Besuch einer Stripbar in Buenos Aires auf der Heimreise, die jener von Friesenheim ähnelte. Die Person auf der Bühne war ganz ungeschickt. Dazu diese verrohten Menschen ringsum im Zeitalter von *free climbing*. Ihr Versuch von *free climbing*, pickelig, unschön. Aber die Angereisten steigerten sich in diese Oberfläche hinein. Zu allem auch hier rotlackierte Fuß- und Fingernägel, als sie gar nichts mehr anhatte, nur noch diese Farbe. Doch zuvor glänzende Gewänder mit viel Platz für alles. Das letzte Hemd der Liebe war schon abgelegt, eine Zustandsbeschreibung nur noch, ein impressionistisches Unglück, jenseits meiner eigenen Sinnlosigkeit, aber so, daß ich den Unsinn als solchen noch begreifen konnte.

Und noch weiter zurück zu jener Frau, die mir erzählte, was für miserable Liebhaber sie in der Pampa vorgefunden hatte. Sie begnügte sich ja mit: fast nichts, meine Engländerin auf Reisen, die etwas Spanisch sprach und keine großen Ansprüche stellte.

Oder das Leben von Tante Lotte in ihrer Hütte, ins Feuer starrend, *Wiener Blut* nie gehört, kein Radio, nie in der Stadt, nur in der Hütte, kein glanzvoll vertuschtes Elend, Mendoza, Feuer, Feuerland, ein weißer Fleck, keine Geschichte, nur Rotwein, nur ihre indianische Mutter und was vorher war, kamen Gauchos, Russen, Deutsche, Juden, alles Strandgut?

Die Stelle, wo das Herz war, markierte sie mit einem Kreis. Auf ihre Briefe malte sie ein Herz. Ein Herz, das wie ein Hinterteil aussah, wie ein blühender Arsch.

Sie war in diesem Boden nicht verankert. Sie lebte grundlos an der Oberfläche. Ein Wind genügte. Sie war weniger als ein Strohhalm.

XXXIV.

Auf dem Flughafen. Vor mir noch einmal eine Art Panorama. Ein Geruch wie über dem Hafen von Heraklion, dem Hafen, über den ja schon der Verkehr des Labyrinths von Knossos lief. Gerüche und Geräusche von Dingen, die hinter mir liegen.

Die Enttäuschung Rosas, als sie mich erblickt hatte: So geht es jedem. Ich zähle zusammen, ich überschlage: mein Muttermal, mein Stück Fell, meine schwarze Herkunft, meine weiße, braune Stelle auf der Haut, meine Vorgeschichte, das Tier in mir, das nicht leben kann mit seinen Händchen im Wasser, nie richtig schwimmen gelernt, nicht richtig schwimmen kann, mit den Händchen im Wasser, die das Muttermal zudecken wollen, wie die Frau mit ihrer Hand vor dem Gesicht, die mit der Hand vor dem Gesicht lacht. Das Muttermal kommt von der Mutter. Du kommst vom Storch. Ich legte also noch ein Stück Zukker auf den Fenstersims, und dann brachte der Storch tatsächlich eine letzte Schwester zu meinen fünf anderen. So fängt ein Kind an zu glauben.

Mein Muttermal! Hinaus in die Welt mit dir! Hinaus zu den anderen!

Nun ade, du mein lieb Heimatland! sang der Chor und blieb zurück. Der Auswanderer blieb fort, fort, und ich, an dieser Stelle über dem Meer angekommen, sah, daß ich nichts als Vorfahren habe, daß ich bis zu diesem Augenblick alle überlebt habe, bis zum Augenblick, der die Erinnerungen löschen wird.

Saß ich nicht auf meinem Aussichtspunkt wie über dem Meer und schöpfte aus ihm Hoffnung? Lächerlich, ich weiß, aber so war es.

XXXV.

Aber das Meer fiel mir doch nur auf den Kopf, und das Wort *Müdigkeit* stand aufrecht wie eine Skulptur vor mir, und das Wort *fatigue* lag breit daneben, weich und faul wie eine Geliebte lag es neben mir. Amateur war ich, Liebhaber oder Matador, wohlklingend wie Sarkophag. Meine Reden vom In-die-See-Stechen, Maden und Seeräubern straften mich, es strafte mich mein Fernweh und die Erinnerung, die rührenden Geschichten von einst, daß der Königsalbatros fünf Jahre übers Meer zu seiner Geliebten flog und so weiter.

Ich müßte mich an alles erinnern, was selig machte und keinen Bestand hatte. *Schweigen heißt Pilgern.* Eines Tages stand ich in der Pampa. Die Geschichte begann. Immer noch wie ein Todkranker, der mit dem Gedanken an Schönheitsoperationen und Weltreisen spielt?

Das Fernweh und die Zugvögel, der Atem und das Blut, der Staub und das Leben, und eine Erinnerung bleibt noch, die ihr ganzes Gewicht in die Waagschale wirft:

Ich stoße auf eine Wildsau, wie sie im Wald verschwindet. Man kann sie gerade noch sehen, ihren Arsch, der ja zum Leben sagt, immer wieder ja sagt, wie er in den Wald hineinrennt und im Wald verschwindet, überstürzt, und in den Wald hineinscheißt, aus dem Wald herausfrißt, sich begattet, müde wird, immer wieder müde wird und ja sagt, ja zum Leben, ja, ja, ja, zügellos wie mein Leben selbst, das ohne Ziel ist, außer dem Ziel, kein Ziel zu haben.

Ich, ein junger Mensch, da war ich eingesperrt, ich, ein Erwachsener, da spiele ich mit dem Revolver, ich ein Alter, werde die ganze Zeit im Bett liegen mit einer Krankheit, die heilbar wäre, die ich mein ganzes Leben schon mit mir herumgetragen habe: mit meiner Maul- und Klauenseuche.

XXXVI.

Wie schreibt man: Liebe?

Was ist Liebe?

Ist es ein Tu-Wort?

Es mußte eine natürliche Begabung sein, ein Trieb der Natur, denn niemand hatte uns gesagt oder gar gezeigt, wie man sich liebt. Wir wußten alles schon, so wie eine gerade aus dem Ei geschlüpfte Seeschildkröte, die ins Meer davonschwimmt und erst wieder zurückkommt zum Eierlegen. Und so wie ein Neugeborenes, das von selbst anfängt zu schreien, als ob es das immer schon gekonnt hätte.

Wir nahmen uns in den Arm, in den Mund. Im Anfang war unsere herrliche Oberfläche, unsere Haare und Härchen. Und wir, in dieser Landschaft, waren wir Menschen? Und ich, war ich ein Mensch? Meine Erscheinung, meine Haare, mein Schweiß, mein Bauch an ihrem Bauch, mein Atem, mein Wehleid, meine Lust, mein Bauch an ihrem Bauch, ihr mein Körper auf Zeit, meine gnädige Frau – – – nahm Besitz von Ihnen, auf Zeit, leasing. Doch sooft wir uns schon wiederholt hatten und im Leben vorangeschritten waren, die alte Besinnungslosigkeit stellte sich ein. Auf einmal war sie: da: da: da. Und nun? Aug um Aug, Mund um Mund, Geschlecht um Geschlecht. Wir nahmen uns gegenseitig in die Augen, in den Mund nahmen wir uns, als ob wir Hunger hätten. Wir bissen uns aber nicht ab. Wir spielten nur, wie kleine Katzen spielen, mit sich und ihrer Maus spielen. Wir nahmen uns nur zwischen die Zähne und verschluckten uns nicht. Wir hatten ein Ziel. Unser Ziel war, anzukommen. Tief. In der Tiefe. Doch wie oft waren wir auf dem Weg dahin schon gestrauchelt. Da nahmen wir unser Handtuch von gestern und wischten uns unsere Liebe vom Bauch. Es war auf der Höhe des

Bauchnabels, der die Verbindung zur Welt einst hergestellt hatte, und wir schliefen ein.

Was begehrst du vom Leben?

Den Tod.

Glaubst du an den Tod?

Ich glaube.

XXXVII.

Wie die Geschichte (eine Geschichte, die auch meine gewesen sein könnte) endet, so könnte auch meine Geschichte enden:

Da kam ein Brief aus Deutschland. Er solle nach Hause kommen, wenigstens zum Sterben. Nicht sofort, irgendwann, bald, sagt der Brief. Bald darauf verlädt Fritz das Wichtigste, aber nicht alles kann mit. So läßt er das meiste an Ort und Stelle. So läßt er das Haus zurück, mit allem, was drinnen war. Mario drängt zum Einsteigen. Im Hof läuft der Chevrolet warm. Hat er nicht genug Zeit gehabt? Er muß noch einmal zurück. Hat er vergessen, abzuschließen? So eine Abreise! Jetzt war er so lange hier, aber zu einem richtigen Abschied bleibt keine Zeit mehr. Dann fahren sie los.

Was machst du so früh auf den Beinen, alter Freund? Es ist Nacht, als sie die weite Landstraße hinausfahren. Der Rest ist schnell erzählt. Die Fahrt zum Flugplatz. Die Maschine nach Buenos Aires. Derselbe Weg wie damals. Weiter nichts. Ist er so still, weil er so bewegt ist?

Wir fahren seit etwa zwei Stunden. Die Sonne ist längst aufgegangen, ein Tag wie immer. Auf dieser Straße, der einzigen, die Patagonien mit der Welt verbindet, ist nichts los. Transamericana, keine Umwege, immer geradeaus, das macht müde.

Die Pappeln aufrecht wie immer. Vom kleinsten Rinnsal weg Pappeln in den Himmel. Wir nähern uns einem Camion. Was er geladen hat? Schweine. Es sind Schweine, Kostbarkeiten, sehe ich. Der einzige Schweinetransport, der in dieser Gegend, deren Boden den Schafen und deren Himmel den Wolken gehört, sagte er immer, unterwegs ist.

Ein Vermögen fährt vor uns her. Schau hin! sage ich

noch. Doch Fritz reagiert kaum. Er ist wohl am Einschlafen. Wir fahren nun direkt hinter dem Lastwagen her und können die Tiere schon riechen. In diesem Augenblick löst sich das Gatter. Ein einziges dieser schlachtreifen Exemplare verliert das Gleichgewicht und fällt von der obersten Etage durch unsere Windschutzscheibe, direkt auf die Stelle, wo Fritz eingeschlafen ist, und trifft den alt gewordenen Mann im ersten Augenblick. Armer Auswanderer! Das Schwein kann noch gerettet und notgeschlachtet werden. Er aber ist tot.

INHALT

Die Arbeit des Autors am vorliegenden Text wurde durch den Deutschen Literaturfonds e.V. gefördert.